KB129384

별을 수확하는 자들

덴마 어나더 에피소드 2

DENMA
ANOTHER EPISODE 2
별을 수확하는 자들

dcdc 장편소설

네오
픽션

차 례

〈덴마〉의 외전 소설을 기획하고 있다는 이야기를 듣고, 나는 프리랜서 작가가 결코 해서는 안 될 한마디를 꺼내고 말았다. "전 〈덴마〉의 외전 소설을 쓰는 거면 돈 안 받고도 할 수 있어요." 당연히 돈은 받았지만—세상에는 상도덕과 시장질서 그리고 동료작가에 대한 예우가 있기에 무료 혹은 싼값으로 원고를 써서는 안 된다—그 순간은 진심이었다. 〈덴마〉라는 거대한 세계관의 일부가 될 수 있다면 내가 소설 한 권을 집필하는 정도야 손해는커녕 오히려 영광이자 이득이라 계산했기 때문이었다.

분명 막중한 책임을 요구하는 일이기는 했지만 자신도 있었다. 이 자리를 빌려 선언하건대 나보다 글을 잘 쓰는 SF작가는 무척이나 많다. 나보다 〈덴마〉를 사랑하는 덴경대는 훨씬 더 많다. 하지만 〈덴마〉를 사랑하는 SF작가로 한정지을 경우, 나는 제법 높은 순위에 꼽힐 사람이라 자신한다. 애초에 이 dcdc라는 닉네임부터가 스포츠신문 사이트에서 연재되던 〈아색기가〉를 조금이라도 빨리 보기 위해 최대한 간단하게 타이핑할 수 있도록 만든 ID였다. 이후 이 ID를 필명으로 삼게 되리라고는, 또 양영순 작가님의 작품을 소설화하게 되리라고는 상상하지 못하고 만든 것이기는 했으나 하여튼 뭐 그렇다.

20세기 말과 21세기 초 한국 만화를 즐겨 읽은 독자에게 양영순 작가님은 각별한 의미를 가질 수밖에 없다. 〈누들누드〉나 〈아색기가〉처럼 대가리를 깨버리는 발상의 작품군에서 〈천일야화〉나 〈덴마〉처럼 광활한 대서사시를 담은 작품군까지 다양하고도 독특한 세계를 독보적인 화력으로 그려내는 양영순 작가님에게 어찌 주목하지 않을 수 있겠는가? 독자가 아닌 작가의 입장에서도 양영순 작가님은 감탄스럽기 그지없는 인물이다. 주 3회 연재라는 고된 일정을 몇 년째 지속한다는 것은 고작 잦은 지각으로 폄훼할 수 없는 위업이다. 단순히 작업량만 대단한 것도 아니다. 〈덴마〉라는 시리즈 안에 그려지는, 이제까지 쉽게 찾아볼 수 없던 거대한 세계관과 다양한 인간 드라마는 믿기지 않을 정도의 완성도를 자랑하니까.

그렇기에 이 〈덴마〉의 외전 소설은 나 개인의 작업이기보다는 양영순 작가님과 〈덴마〉에 대한 헌사가 되도록 목표했다. 나 따위의 장기자랑보다는 양영순 작가님의 족적을 따라가는 과정이 훨씬 더 의미가 있는 작업이 되리라 생각했기 때문이다. 그래서 이 외전 소설 시리즈 세 작품은 내가 개인적으로 파악한 양영순 작가님의, 〈덴마〉의 일면들을 순차적으로 담아내도록 기획한 바이다. 이 기획은 일종의 필연이나 다름없었다. 양영순 작가님은 언제나 명작을 만들었지만 그 명작들은 하나같이 하나같지가 않았다. 시대가 변화함에 따라 작가 스스로부터가 적극적으로 변화를 모색하고 또 성공적으로 달성했기 때문이다. 그런 만큼 〈덴마〉의 외전 소설을 집필함에 있어 어느 시기의 분위기 하나만을 담고 이것이 내가 해석한 양영순이라 선포할 경우, 우주가 팽창하는 속도보다도 빠르게 진화하는 양영순의 성취를 지울 위험이 컸다.

이러한 위험을 피하기 위해 이 〈덴마〉의 외전 소설은 3부 구성을 갖추고 있다. 『물리적 오류 발생 보고서: 덴마 어나더 에피소드 1』은 〈덴마〉 초기의 분위기를 담고자 했다. 당시의 작풍을 낡은 언어로 표현하자면 순정마초라고 할 수 있지 않을까. 어두운 과거를 숨긴 한 남자가 비정한 임무를 맡게 되나

이 모든 것은 아이와 여자를 지켜내기 위한 희생이라는 그 서사들 말이다. 물론 이는 2019년에 재생산될 만한 서사가 아니며 양영순 작가님 스스로부터 이미 극복하신 지 오래인 한계점이다. 그래서 에피소드 1은 기만적인 남성을 1인칭 화자의 주인공으로 삼아 비판적으로 묘사하려 했다. 주인공이 여성을 꽃으로 비유한다거나 자기 잘난 맛에 사는 모습을 담으려 한 것은 다 이러한 맥락에서이니 부디 참고 넘어가주시길 간청하는 바이다.

에피소드 1의 기반으로 삼은 작품은 '마리오네트' 편이다. 짧지만 강렬한 이 내용에는 반드시 무언가 더 말할 만한 거리가 있겠다는 생각에 제일 먼저 쓰겠다고 밝힌 이야기였다. 죽은 아내의 시체를 조종하면서 행복한 일상을 연기하는 남자라니. 그 상황을 타이핑하는 것조차 께름칙한 일이다. 누군가를 조종하는 능력은 비윤리적으로 돌출되기 쉽다. 작가로서도 다루기 저어되는 소재다. 그럼에도, 혹은 그렇기에 〈덴마〉 초기의 그 분위기를 다시 말하기 위해서는 꼭 필요한 에피소드였다고 생각한다.

나아가 『별을 수확하는 자들: 덴마 어나더 에피소드 2』는 〈덴마〉 중반부의, 은하계 규모로 펼쳐지는 고산 공작가와 엘 백작가의 정치극과 비슷한 분위기를 담으려 했다. 이 중반부가 있기에 〈뎬마〉 시리즈가 한 개인의 성장담이 아닌 우주 규모의 군상극으로 완전히 자리매김할 수 있었지 않을까? 그렇기에 〈뎬마〉의 외전 소설에서도 꼭 8우주 안의 정치적인 갈등들을 다뤄보고 싶었다. 연재 분량과 내게 주어진 재량권을 감안하여 이야기의 스케일은 태양계 단위도 아닌 행성 하나나 둘 정도로 좁혀서 진행하기는 했으나 〈뎬마〉의 열성팬들, 소위 '뎬경대'들이 조직되는 계기가 된 몇몇 중요한 에피소드들과 인물들에 대한 직간접적인 연결고리를 남겨놓는 것으로 작은 스케일의 한계를 극복하려 했다.

　여기서 중심이 되는 인물은 가야와 다니엘 두 인물이다. 본편에서 지나가는 대사 몇 문장으로 둘 사이의 심각한 과거사를 짐작하게 만들었으니 한 번쯤은 풀고 넘어가야 하지 않겠느냐 생각했기에 양영순 작가님에게 이 또한 꼭 다루고 싶다고 요청 드렸던 바이다. 또한 정치극을 통해 큉들의 연대와 연대 이면의 분열을 다루고도 싶었다. 〈뎬마〉는 결국 질서와 박해 양측의 대상이 되는 큉들의 이야기이기도 하니 말이다. 〈뎬마〉의 8우주라는 공간은 잔혹하고 악랄한 자본주의 법칙이 지배하는 세계다. 그리고 이렇게 어둠이 짙은 곳에는 반드시 빛을 찾는 사람들이 있기 마련이다. 그런 이야기를 하고 싶었다.

마지막으로『무간도 가이아의 성소: 덴마 어나더 에피소드 3』은 우주 규모의 정쟁만이 아니라 그에 휘말린 개별 인물들마저 서사에 포섭하는 데 성공한 현재의 〈덴마〉와 같은 분위기를 담으려고 했다. 에피소드 1이나 2에 비해 좀 더 유들유들하고 넉살 좋은 인물들이 여유를 갖고 사고하도록 배치한 것 역시 그 목표의 연장선상이었다. 물론 그 와중에도 양영순 작가님과 진행한 미팅을 통해 내가 다루어도 된다고 허락을 받은 소재 몇 가지에 대한 힌트를 담는 것도 잊지 않았다.

　에피소드 3의 배경이 되는 공간은 무간도 가이아다. 우선 작중 많은 지점들은 양영순 작가님에게 들은 설정과 내가 양해를 구한 지점 사이에서 타협을 해 어느 정도 가감을 한 것임을 밝혀둔다. 무간도 가이아는 더 많은 이야기를 할 수 있는 공간이거늘 감히 내 손을 거쳐 소개하는 것이 옳은가 의문이 남았기에, 소설에서 무간도 가이아를 묘사할 때 의도적으로 본편의 설정을 염두하지 않은 부분을 몇 장면 남겨두었다. 또한 3부는 작중에는 아예 등장하지조차 않는 다이크와 이델에 대한 이야기이기도 하다. 나는 이 둘이 하이스트 장르에 정말 잘 어울린다고 생각한다.

　집필에 앞서 고전 명작으로 분류될 작품 몇 편을 참고했다는 사실 또한 밝혀두겠다. 각 부는 영화 〈대부〉와 〈지저스크

라이스트슈퍼스타〉그리고〈오션스 11〉을〈텐마〉의 세계관으로 재구성하는 것이 목표였다.〈오션스 11〉을 참조한 에피소드의 경우 내 나름의 기조 아래 작품을 재구성하다 보니 그 후속편인〈오션스 8〉의 몇몇 장면을 따라한 것이 아닌가 의심을 살 만한 설정 몇 가지가 나왔지만 영화가 개봉되기 전에 쓴 소설이 맞다. 이외에도 레퍼런스로 삼은 작품들은 많으나 길게 적지는 않겠다.

이렇게 다 다른 기조 아래서 집필한 3부작이지만 이 이야기 전부를 관통하는 테마는 분명하게 잡아두었다. 거짓말, 암살자, 신, 사랑, 퀑의 다섯 가지 키워드가 다른 방식으로 변주되도록 말이다. 양영순 작가님이 일련의 작업 끝에 정교하게 직조해놓은 기존 세계관이 없었더라면 모두 다루기 어려웠을 테마다. 이 자리를 빌려〈텐마〉라는 명작을 집필하고 계신, 또 나에게 그 대업의 말석이나마 착석하도록 허락해주신 양영순 작가님에게 감사의 인사를 드린다. 뭇시엘.

2019년 여름

dcdc

1

"별의 속삭임을 들은 적이 있습니까?"

흑발의 남자는 침대에 앉은 채로 부스스한 머리를 헤집으며 말했다. 잠기운에 취해 창문 밖에서 내리쬐는 햇빛에 눈을 찡그리면서. 뒤도 돌아보지 않고서. 허를 찌르는 질문에 백발의 남자는 어떤 대답도 떠올리지 못했다. 이런 일이 워낙 없었기 때문이기도 했다. 애원이라면 모를까 암살자와 잡담을 나누려는 암살 대상은 의외로 드물다.

좁은 방이다. 방 안은 난장판으로 이것저것 옷가지와 쓰레기 더미들이 곳곳에 널려 있었다. 암살자는 이번 임무가 열악한 환경을 가진 개척 행성에서 진행될 것임을 알기는 했어도 이렇게 더러운 방에 들어오게 될 것이라고는 상상하지 못했다.

"우리 암살자 형제님은 어떻게 들어왔는지도 모르겠네. 문은 잠겼고. 순간이동이면 공간에 끼어들면서 소리가 났을 테고. 혹시 암살하러 온 게 아니라 어제 나랑 자거나 그랬어요? 그랬다면 미안합니다. 어젯밤에 너무 많이 마셔서 기억도 가물가물하고 사실 지금도 좀 취한 것 같아."

"이야기를 듣긴 했지만 정말 말이 많군."

흑발의 암살 대상은 뒤로 돌아 자리를 바로잡았다. 졸린 눈을 끔뻑거리며 하품까지 하고, 덥수룩한 장발과 자유분방하게 돋아난 수염에 어울리게 태평한 모습이다.

"배수구를 통해 왔다. 나는 내 몸을 액체처럼 바꿀 수 있거든."

"이야, 대단한걸! 멋지군요. 한번 보여줄 수 있어요?"

백발의 암살자는 하얀 눈으로 흑발의 암살 대상을 노려보았다. 천진난만한, 호기심으로 가득한 웃음이다. 잠기운에서 벗어나 즐거운 장난감을 발견한 것처럼 신이 나 보인다. 암살자는 나름의 안목으로 허세일까, 객기일까 가늠해보지만 답은 명확하다.

"너를 죽일 때 보게 될 거다."

"아하, 그러면 당장은 죽이지 않으시겠다는 말씀?"

"먼저 너를 곤죽으로 만든 다음 사지를 잘라야 하거든."

흑발의 암살 대상은 놀란 표정을 과도하게 지으며 작위적인 비극을 연출했다. 그다음으로는 이리저리 기지개를 켜더니 아예 침대 난간에 등을 기대고는 백발의 암살자와 대화하기 좋게 자세를 고쳐 앉았다.

"사지를 자르고 곤죽으로 만들어줄까? 원한다면 순서 정도는 바꿀 수 있어."

"그런 거야 천천히 해도 될 테고. 형제님, 내 한번 맞혀봅시다. 평의회에서 오셨습니까?"

"아니다."

"귀족 양반인가? 아니야. 요즘에 합류한 형제님들 중에는 대단한 상속자는 없었던 것 같은데."

"그래, 아니다."

"사보이도 아닐 테지. 솔직히 우리 형제님들 중에 사보이들이 가장 탐내지 않을 만한 큉을 꼽으라면 아마 나일 거란 말이죠. 그러면 역시 처음에 찍은 대로 고엘 정교회군."

"처음에 찍은 대로?"

"무슨 말인지 몰라요? 이런. 그 동네 사제님들은 아직도 나를 얕잡아보고 계신가. 아무것도 모르는 양반을 자객으로 보내주시고. 아, 형제님을 얕보고 하는 이야기는 아닙니다. 여기까지 다른 형제님들에게 들키지 않고 숨어들어 오셨다면 실력이야 대단하시죠. 정황이야 모를 수도 있고. 그냥 형제님을 고용한 분들 생각이 안이해서 그래요."

백발의 암살자는 불쾌한 표정을 감추기 위해 손으로 입을 가렸다. 처음부터 마음에 들지 않는 상대였다. 암살자로선 암살 대상이 마음에 드는 경우가 더욱 곤란한 일이겠지만 현 상황은 그런 호불호의 문제만도 아니다. 분명 능력 면에서 우위에 서 있는 것은 암살자인데도 상황의 주도권은 암살 대상이 쥐고 있는 것으로 느껴진다.

백발의 암살자는 흑발의 암살 대상을 향해 손가락을 흔들었다. 악단을 이끄는 지휘자처럼 경쾌한 움직임이었다. 그러자 그 손끝에서 강력한 수압의 물줄기가 쏘아져 암살 대상의 오른팔을 깔끔하게 잘랐다.

"우와, 와! 아! 세상에, 내 팔! 진짜 아프네. 이야. 고맙습니다. 덕분에 잘 봤어요. 정말로 멋진 능력이야. 대단해. 감탄했어요."

피가 쏟아져 바닥에 웅덩이를 만들었다. 암살 대상은 고통으로 몸부림치면서도 웃음기를 잃지 않았다. 암살자는 질렸다는 표정으로 침대에 다가가 앉았다. 그러고는 암살 대상의 두 개골을 공을 쥐듯이 꽉 잡고는 낮은 목소리로 속삭였다.

"죽기 직전에도 이렇게까지 말이 많은 이유를 모르겠군. 자포자기로 아무 말이나 쏟아내고 있나? 아니면 본인은 절대로 죽지 않을 거라는 자의식? 아마 후자겠군. 하지만 너는 죽음이 무섭지 않은 것이 아니야. 네가 죽을 것이라는 상상조차 하지 못하고 있을 뿐."

"아니…… 반은 맞고 반은 틀려요. 세상에나. 천주님. 나 진짜 아파. 어쨌든. 형제님. 저라고 죽지 않으리라 생각하진 않아요. 알고 있어요. 죽음이 두렵죠. 더군다나 제 꿈을 이루지도 못하고 죽는 건 훨씬 더 두렵고요. 형제님. 저에게는 꿈이 있습니다."

"이제는 구걸까지 하는군."

백발의 암살자는 만족한 듯 미소를 지었다. 뒤늦게나마 암살 대상이 익숙한 반응을 보였기 때문이다.

"너는 그냥 도박을 하고 있을 뿐이었어. 나에게 당당한 모습을 보이고 너의 당위성을 증명하면 내가 너에게 탄복해서 목숨을 살려줄지도 모른다는 쪽에 판돈을 전부 쏟아부은 거지. 그러니 공포를 꾹 참고 나를 설득하기 위해 허세를 부리는 것이고."

"에이, 설마요. 사람 마음을 움직인다는 게 어디 세 치 혓바닥을 굴리는 정도로 되는 일도 아니지 않습니까. 차라리 그 혓

바닥으로 어디 살살 핥아주는 게 훨씬 빠르지."

흑발의 암살 대상은 혓바닥을 날름 내밀고는 백발의 암살자를 조롱했다. 잘려 나간 팔에서 출혈이 계속되어 숨을 헐떡이면서도 마음은 꺾이지 않은 모양새였다. 백발의 암살자는 다시 불쾌해졌다.

당혹스러웠다. 이 건방진 암살 대상은 분명 고통을 받고 있었다. 상황을 바꿀 만한 재주도 없어 보였다. 말 그대로 이 남자는 지금 자신의 손아귀에 들어와 있었다. 그럼에도 대화의 주도권을 결코 빼앗기지 않는다. 도리어 자신을 비웃을 수 있을 만큼이나 태연하다.

하지만 이 상황을 타개하는 일은 간단하다. 그냥 죽이면 된다. 암살자는 암살 대상의 두개골을 쥐고 있는 손끝에 힘을 줬다. 곧 각 손가락에서 방금과 같은 물줄기가 쏘아져 암살 대상의 뇌를 헤집으면 이 어색한 순간은 금세 마무리가 될 것이다.

"어렸을 적에는 제법 좋은 환경에서 자랐군요. 쾽인데도 안전한 환경에 있었음이 보입니다. 하지만 잘 자란 아이가 암살자가 되지는 않죠. 가문의 몰락? 사보이의 납치? 고엘 정교회에서 저질렀을 수도 있겠군. 어느 순간부터 그 환경에서 단절되었어요. 흠. 비극적인 상황인데도 받아들이는 것이 빨랐군. 그렇다면 역시 종교일 가능성이 높겠는데."

"……내 기억을 읽었나?"

손보다 혀가 빨랐다. 암살 대상이 자평한 것과는 달리, 그의 혀는 암살자의 행동을 멈추게 할 정도로는 잘 굴러갔다. 그리고 계속된 출혈로 한기를 느끼는지 조금씩 그 목소리가 떨리기 시작했다.

"아닙니다. 형제님도 알잖아요. 기억을 읽는 퀑들은 이렇게 단편적인 방식으로 읽지도 않고 암살자인 형제님이 기억을 읽는 능력에 대한 대비를 하지 않았을 리도 없죠."

"그러면?"

"별의 속삭임을 들었을 뿐입니다."

또다시 영문을 모를 이야기다.

"방금 전의 이야기로 돌아가지요. 죽음은 무섭습니다. 두려워요. 하지만 제가 죽을 것이라고 상상하지 못하고 있다는 형제님의 지적은 옳습니다. 최소한 지금 당장은요."

"내가 널 죽이지 못할 것 같아?"

"네, 뭐. 죽음은 두렵지만 형제님은 두렵지 않습니다."

"그러면?"

"동정할 뿐입니다."

백발의 암살자는 안심했다. 광신도였군. 그뿐이었어. 비록 자신의 고용주도 고엘 정교회의 광신도들이고 자신 역시 광신도로 분류되리라는 것은 알았지만 이 인종이 경멸스럽지 않았던 적은 한 번도 없었다. 마음 편히 죽이면 그만인 일이었다. 도대체 무슨 기대를 하고 있었던 것인지. 암살자는 자조했다.

"제 잔재주는 기억 읽기가 아니라 감정 읽기에 가깝죠. 인물의 과거가 아닌 영혼의 색이 보입니다. 그리고 우리 형제님의 영혼은 무척이나 혼탁하군요."

"암살자의 영혼이 혼탁하다고 비난하다니 레퍼토리가 약하군."

"아닙니다. 형제님의 색은 제가 좋아하는 빛깔이거든요. 무턱대고 맑기만 해서야 재미가 없지요. 아무런 잘못을 저지르지 않은 어린아이는 순수한 것이 아니라 잘못을 저지를 기회를 아직 갖지 못했을 뿐인 겁니다. 반면 형제님의 영혼은 흥미롭습니다. 도대체 어떤 일을 겪어야 형제님처럼 영혼이 진창처럼 깊어질까요?"

"이제는 아첨이군. 하지만 그 정도로는 모자라. 네 헛소리를 듣는 것도 질렸다."

"안 돼. 죽이지 마."

암살 대상의 얼굴에서 미소가 사라졌다. 표정은 굳고 입가는 내려간다. 들뜬 목소리도 단호하고 굳게 바뀐다. 암살자는

22

비난에서 아첨 그리고 간청으로 이어지는 이 일련의 과정에 다시 한번 안도감을 느꼈다. 너 역시 다른 누구와도 다를 바 없이 평범하고 비루한 삶을 살았을 뿐이라고, 기쁘기까지 할 정도였다.

"듣는 내가 다 쪽팔리는군. 이제 그만 끝내지."

"죽이면 안 된다고 말했잖아."

백발의 암살자는 손아귀에 힘을 주었다. 어서 죽이고 집으로 돌아가고 싶다는 마음뿐이었다. 하지만 그러지를 못했다.

"나는 이 형제님한테 반했어. 그러니까 부디 아침부터 피를 볼 일은 만들지 말자고."

"이미 당신 팔에서 나온 피로 하루를 장식하고 있는걸요, 스승님."

암살자가 손아귀의 힘을 푼 것은 동정심이나 연민 때문이 아니었다. 누군가가 큉 능력으로 자신을 묶어버렸기 때문이었다. 어느새 숨도 쉬지 못할 정도로 강한 압력이 그의 전신을 둘러싸고 있었다.

간신히 고개를 돌려 뒤를 바라보자 그곳에는 귀엽지만 날카로운 인상의 소녀가 서 있었다. 방금 들린 낭랑한 목소리의 주인공이자 불시에 반격해온 경호원임을 쉬이 짐작할 수 있었다.

"가야. 이분은 곧 우리 블랭크의 일원이 될 형제님이야. 그러니 너무 무례하게 굴지는 말아요."

"퍽이나 그렇겠네요."

"보지 않고도 믿는 자가 실로 복되나니, 그대 의심하지 말지어다. 다니엘, 가야에게 인사해요. 가야, 다니엘에게 인사를 하게."

흑발의 남자는 딱딱하게 굳은 백발의 암살자, 다니엘의 손아귀에서 벗어나고는 부드러운 미소를 지었다. 계속된 출혈로 창백하기는 했지만 여유는 전혀 잃지 않은 그대로였다. 도리어 땅에 떨어진 자신의 오른팔을 주워서 흔들며 낄낄거릴 정도였다.

흑발의 남자는 침대에서 일어나 다니엘의 이마에 자신의 이마를 맞대고는 소개를 이어나갔다.

"고엘 정교회의 의뢰인들에게 이미 들어 아시겠지만 저는 가이사라고 합니다. 앞으로 당신의 스승이자 목자가 될 사람이지요."

2

"하나 여쭙겠습니다. 대관절 큉이란 무엇입니까?"

"강한 물리적 오류를 가진 존재를 일컫는 개념입니다."

"좋습니다. 흔히들 그렇게 말을 하고는 하지요. 한 번 더 여쭙겠습니다. 그러면 물리적 오류란 또 무엇입니까?"

"물리적으로 있을 수 없는 일을 말하는 것이죠."

"하지만 있잖아요. 우리는 이미 일어났어요. 숨 쉬고 밥도 먹고 잠도 자고 있죠. 그런데도 왜 우리는 큉들을 여전히 물리적 오류라고 부르는 것이겠습니까?"

행성 시나고그의 낮은 작열하는 열기로 사람이 살 만한 곳이 되지 못한다. 거기다 그 열기에 적응한 씬 바이러스가 날뛰기도 해 보통 사람이라면 접근조차 어렵다. 덕분에 행성 시나고그의 개척민들은 대부분의 낮 시간을 여가나 휴식을 취하며 보낸다. 그리고 열성적인 이들의 경우에는 블랭크 집회에 참가를 하기도 한다.

개척민들이 모여 있는 이 텅 빈 공간은 지금은 강당이라고 불리기는 하지만 원래는 개척 초기의 거대 물류 창고로 지어진 물건이었다. 행성 시나고그의 열악한 환경에 대한 조사가 누락되었음을 뒤늦게 알게 된 투자자들이 창고에 쌓인 자재들을 대부분 회수했기에 이런 변화가 생겼다.

강당에는 열댓 명의 인원이 오순도순 둥글게 둘러앉아 토론을 하고 있었다. 그리고 이 토론은 언제나와 마찬가지로 가이사가 다른 사람들에게 질문을 던지는 방식으로 진행되었다.

"우리를 질투해서죠. 자기들보다 강하고 병에도 걸리지 않는 우리를 질투하는 겁니다."

선동적인 대답이 나왔다. 강경한 어조로 단호하게 말을 꺼낸, 이마와 뒤통수를 관통하는 것처럼 뿔이 난 이 여자는 두세 번 강론에 참여했던 신참이다. 그리고 이 신참의 당돌한 발언에 제법 적지 않은 수의 인원이 고개를 끄덕이며 동감한다는 뜻을 내비추었다. 하지만 가이사는 난처하다는 듯 웃으며 손사래를 쳤다.

"사람들이 강한 것을 질투합니까? 그렇다면 강하다는 것은 무엇입니까?"

"강한 것은 강한 것이죠. 싸움에서 지지 않고 이기는 것이요."

"그렇다면 자매님은 퀑이 아닌 사람들과 싸우면 무조건 이길 수 있나요?"

"상대방이 무기만 들고 있지 않으면, 그렇습니다."

문에 기대어 강론을 지켜보던 다니엘은 기시감을 느꼈다. 신참들이 참여한 강론에 매번 나오는 대화이기 때문이다. 무엇보다 저 질문은 다니엘 본인도 한 번 던진 적이 있던 질문이기도 했다.

"아하. 익숙한 관점이군요. 그렇다면 맨주먹인 사람은 칼을 든 사람을 질투하나요?"

"아니겠죠."

"칼을 든 사람은 총을 든 사람을 질투할까요?"

"아닐 겁니다."

"왜죠? 우리 자매님께서는 방금 전에 강하기 때문에 질투한다고 하셨지 않습니까?"

"그야 칼이나 총은 진정한 강함이 아니니까요."

"좋습니다. 이야기가 좀 더 진전이 되었군요. 그렇다면 이렇게 여쭤볼까요. 진정한 강함은 무엇일까요? 순간이동? 기

억 읽기? 가속 능력? 어쩌면 제 능력일지도 모르겠군요. 수면
능력."

하하하, 하고 좌중이 웃음을 터뜨린다. 행성 시나고그의 주
민들은 대부분 큉이다. 작열하는 온도와 치명적인 씬 바이러
스 때문에 질병에 면역된 큉들만이 개척민으로서 활동할 수
있었던 탓이다. 그런 만큼 그들에게 큉의 능력은 이질적이거
나 두려운 것이 아니라 농담거리로 소비되는 무엇이었다. 그
리고 그런 분위기를 조성하는 데에는 행성 시나고그의 블랭
크 리더인 가이사의 몫이 컸다.

곧 농담으로 들뜬 분위기가 가라앉고 강당은 다시 진지한
토론 분위기로 돌아갔다. 이 모임은 언제나 사회에서 소외 받
아왔던 큉들에게는 행성 시나고그의 힘겨운 개척 생활을 견
디게 해주는 활력소였다. 즐거움만큼이나, 아니 그 이상으로
진지함에 도취될 필요가 있었다.

"무슨 말씀이신지 알겠어요, 가이사. 큉 개인이 아무리 강
하다고 해도 훈련된 군대를 이길 수 없겠죠. 한 개인은 조직된
단체를 넘어서지 못하니 사회 구성원으로서의 룰을 따라야만
한다는 말씀이시겠죠."

"아뇨, 저는 그렇게 말하지 않았습니다. 어떤 정답도 드리
지 않을 거예요. 저는 여러분의 시험지를 채점하는 감독관이

아닙니다."

다니엘은 다시 한번 기시감을 느꼈다. 신참의 저 의견도 가이사의 저 대답도 모두 다니엘이 겪었던 그대로다. 가이사는 강론 시간 대부분을 질문으로만 채웠다. 마지막에 그날 있었던 토론을 정리할 때만 아니면 말이다.

가이사는 질문으로만 일관하는 교육 방침을 고수했다. 그교육 방침을 고수하는 이유에 대해서도 길게 말하지는 않았지만, 블랭크 내부에서는 개인 스스로가 질문에 답을 고민하는 과정에서 성찰이 출발한다는 등의 적당한 해석을 더해서 받아들이고 있었다.

"이번 신참들은 어때?"

"오셨습니까, 카퍼."

다니엘은 뒤룩뒤룩 살이 찐 고양이 같은 인상의 남자, 카퍼에게 인사를 건넸다. 이 인물은 행성 시나고그의 블랭크의 간부 중 하나다. 내부적으로 다니엘과 카퍼의 서열은 별 차이가 없지만 다니엘은 나름 공손한 태도를 보였다. 지금이야 가이사에게 리더 자리를 물려주었다지만 그 전까지 카퍼는 행성 시나고그의 블랭크들을 이끌던 인물이었다.

카퍼는 블랭크 조직이 커짐에 따라 사상을 공유하는 소수의 집단이 아닌 사상을 확장시킬 수 있는 대규모의 무리로 조직되기를 원했고, 가이사의 등장은 카퍼와 가이사 양측 모두에게 이득이 되는 일이었다. 특히 카퍼는 비뚤어지고 괴팍한 자신보다는 밝고 쾌활한 가이사가 리더에 더 어울린다며 적극적으로 권력을 이양했다.

"괜찮아 보이는 친구들은 좀 있나?"

"여느 때와 다름이 없습니다. 새로 참가를 원하는 분들의 숫자는 늘었지만, 뜻이 확고한 분들이나 실력이 뛰어나기에 사보이에 쫓기던 분들은 이미 오래전에 합류했으니까요."

"슬슬 공격수 측에 보강이 되어야 할 텐데…… 도움 안 되는 친구들만 들어오나."

"카퍼. 가이사 가로되, 퀑이라는 공백이 가져다주는 변수는 그 크기와 무관하게 값진 선물일 수 있다고 하지 않았습니까."

"알았어, 알았어. 내가 잘못했어. 그래서 그 가이사는 좀 어떻고?"

"오늘은 컨디션이 나쁘지 않다고 합니다."

"언제는 뭐 그렇게 말하지 않는 날이 있어야지. 잘 지켜봐. 우리 에이스."

카퍼는 특유의 그 능글거리는 웃음을 지으며 다니엘의 어깨를 툭 치고는 강당을 나섰다. 다니엘의 얼굴은 차게 굳었다. 카퍼가 이미 질릴 정도로 들은 가이사의 강론을 들으러 온 것이 아니었음을 알았기 때문이다. 카퍼 같은 고참에게 이제 와서 신실한 태도를 바란 것도 아니었지만 노골적인 정쟁의 팻감으로 삼으려는 태도는 썩 달갑지 않다.

다니엘은 새삼 자신의 변화에 놀랐다. 암살자로서의 과거를 청산하고 암살 대상이었던 블랭크 리더의 오른팔이 되어 그를 보필하고 있다니. 언제나 냉소적으로 세상을 비관하면서 손에 피를 묻혀왔던 과거가 이렇게 빠르게 가물가물한 무엇이 되리라고는 단 한 번도 상상해본 적이 없었다. 언제나 외부자였고 명령을 듣기만 하던 자신이 이젠 리더와 가까운 간부 실세로 평가되면서 내부 정쟁에 휩쓸릴 정도가 되었다니.

"물리적 오류라는 표현에 문제가 있다고 봐야지요. 이건 정상성에 대한 좁은 기준을 갖고 있기 때문일 거예요. 이미 물리적으로 이루어진 현상이라면 오류라고 할 수 없고, 일반적인 물리법칙이 통용되지 않을 특수한 상황일 뿐이에요."

"물리적 오류라는 표현 자체에 문제가 있다는 이야기군요. 아주 본질적인 의문이에요. 맞아요, 굳이 우리가 큉은 물리적 오류라는 기존의 주장을 답습할 의무야 없습니다. 우리 자매님의 말씀대로라면 큉은 물리적 오류가 아닌 물리적 왜곡이라고 정의 내릴 수가 있겠군요."

촌극을 바라보던 다니엘은 이마를 찌푸렸다. 방금 가이사에게 화두를 던진 저 짧은 머리의 날카로운 인상을 한 소녀는 이 강론에서 바람잡이의 역할을 맡고 있다. 논의가 잘 진척되지 않자 가이사의 어시스트로 나선 것이다. 어디까지나 의식 교육의 일환이라고 하더라도 이런 종류의 야바위가 들어갈 때마다 다니엘은 반발심을 억누를 수 없었다.

그리고 이 반발심은 그 바람잡이 역을 자임한 인물이 다니엘을 처음이자 마지막으로 제압했던 하이퍼 퀸, 가야였던 탓도 있을 것이다.

"중요한 지적이 나온 것 같군요. 물리적 법칙에 오류란 불가합니다. 빛은 직선 궤도로 나아가는 성질을 가집니다. 하지만 조건이 더해지면 빛이 곡선 궤도를 그린다고 관측될 때가 있습니다. 그 조건이 무엇인지 혹시 여기에 알고 계시는 분 있습니까?"

"막대한 중력이죠. 중력에 의해 공간 자체가 휘어질 경우 질량이 없는 빛이 중력과 무관하게 직선을 그리더라도 다른 곳에서 보기에는 공간 자체의 일그러짐에 의해 곡선을 그리는 것처럼 보이는 경우가 있어요."

"맞습니다. 바로 그렇습니다. 그리고 우리 퀸들도 마찬가지입니다. 별들의 움직임이 빛도 휘어 춤추도록 노래하는 것처럼 우리 퀸들도 별처럼 물리법칙을 변화시킬 뿐인 것입니다.

우리 모두는 별의 자식이자 별과 같이 노래하는 자들입니다. 물리적 오류도, 괴물도 아니라고요."

* * *

강론은 얼추 정리가 되었다. 대부분의 참가자는 식당이나 휴게실 혹은 원룸으로 돌아갔고 가이사를 비롯한 몇몇 간부는 회의실로 향했다. 다니엘과 두셋의 참가자들만이 강론 동안 쓴 기자재들을 옮기기 위해 강당에 남아 있었다.

다니엘도 간부지만 뒷정리에는 결코 빠지는 법이 없었다. 그리고 이런 잡무야말로 구성원의 성향을 파악할 수 있는 중요한 계기라고 여겼다. 어차피 큉 능력을 사용하면 별다른 힘도 들이지 않는 일들이었다. 이번이라고 다를 바 없었다. 다니엘은 조직에 대한 충성도와 성향을 파악한다며 이번에도 잡무를 자처했다.

"자매님. 자매님은 염동력을 쓰시지요? 혹시 테이블 옮기는 것을 도와주실 수 있습니까?"

이번에 다니엘이 눈여겨본 신참은 방금 강론에서 강한 주장을 했던 인물이었다. 다른 이들이 큉들을 질투하기에 물리적 오류라고 부른다던 그 여성 말이다. 씩씩하고 적극적이며 블랭크 집단에 대한 자신감과 퀑으로서의 프라이드를 느낄 수 있었다.

덕분에 둘은 즐거이 대화를 나누면서 창고까지 테이블을 옮겼다. 정말이지 행성 시나고그에 갓 도착했을 당시의 다니엘 자신을 보는 것이라고 착각할 정도로 닮은 사람이었다. 게다가 신참의 염동력이 강한 편이라 별다른 수고는 들지 않았다.

창고 안은 물건들이 빼곡히 쌓여 있고 먼지로 가득해 더더욱 비좁아 보였다. 다니엘과 신참은 퀑 능력을 사용해서 물건들을 옮겼음에도 한참을 끙끙댄 뒤에야 겨우 자리를 마련하고 테이블을 정리할 수 있었다. 일을 마친 다니엘은 신참에게 미소를 보냈다.

"자매님."

"네, 형제님."

"안녕히 가십시오."

신참의 몸과 머리가 분리되었다.

3

다니엘은 시체를 내려다보았다. 혹시나 이 신참이 하이퍼
큉이어서 자신의 공격을 무효화했을 경우를 대비하기 위함이
었다. 하지만 시체는 그저 시체였다. 창고 바닥에는 아예 피
웅덩이 장판이 생겨버렸다.

신참은 가이사를 노린 암살자였다. 카퍼로부터 얻은 정보
였고 창고를 정리하면서 슬며시 읽은 기억으로 확인을 마쳤
으니 확실했다. 정말이지, 어쩜 그렇게까지 자신이 잠입한 방
식과 다를 바 없는 노선을 선택했을까 다니엘은 웃음이 날 지
경이었다.

다니엘은 블랭크에 들어온 뒤 스스로가 달라졌다고 믿었
다. 그럴지도 모른다. 하지만 그가 하는 일은 전혀 달라지지

않았다. 고엘 정교회의 암살자에서 블랭크의 청소부로, 그저 직함만 바뀌었을 뿐이다. 다니엘은 이 변화로도 충분히 만족스러웠다.

"수고했어."

갑작스레 등 뒤에서 들려오는 목소리에 다니엘은 잔뜩 긴장한 채로 싸움을 대비했다.

"나야. 긴장하지 않아도 돼."

그리고 그곳에는 장인이 버린 도검처럼 아름답지만 날카로운 인상의 소녀가 서 있었다. 다니엘과 같이 표면적으로는 이렇다 할 직위가 없지만 실은 가이사의 최측근이자 이면의 간부인 가야였다.

나이로는 다니엘이 위지만 블랭크 내의 서열이나 직책으로 보면 분명 다니엘은 가야의 후임이었다. 가야가 암살자인 다니엘을 제압했던 것처럼 다니엘이 새로운 암살자들을 제압하고 있었으니 말이다.

"너라고 긴장을 풀어야 할 이유는 모르겠군."

"마음대로 해. 그렇게 쫓기는 닭처럼 신경을 곤두세워봐야 너만 고생이지."

가야는 서슴없이 신참의 시체 옆에 한쪽 무릎을 꿇고 앉았다. 간단하게나마 기억을 읽고 유류품을 찾아 정돈을 했다. 다음으로는 염동력을 이용하여 시체를 압축했다. 강한 압력에 열과 빛이 날 정도였다. 안에 든 수분이 증발해 자그마한 안개가 만들어졌다. 압축이 끝나고 온기를 잃은 몸뚱어리는 곧 배구공 크기의 고깃덩이가 되어 땅바닥을 굴러다녔다.

언제 봐도 놀라운 솜씨였다. 다니엘은 하이퍼 퀑이자 암살자로서 제법 적지 않은 숫자의 실력자들을 만났지만 가야처럼 다양한 능력을 복합적으로 사용하는 퀑을 보지는 못했다. 더욱이 가야는 아직 퀑으로서 성장기에 있었다. 지금 다니엘이 알고 있는 가야의 능력들은 모두 다니엘이 가야를 처음 만났을 때보다도 훨씬 강해져 있었다.

그리고 가야에게는 무언가 비밀이 있었다. 무엇인지는 몰라도 위험하다고, 다니엘은 가야를 볼 때마다 이 냉병기 같은 인물에게 섬뜩한 능력이 숨겨 있음을 직감했다. 가야가 성장하는 속도에 못지않게, 혹은 그 이상으로 힘을 키우고 있는 다니엘이었지만 가야에게서 느껴지는 이 정체불명의 위협은 다니엘을 매번 긴장하게 만드는 요인 중 하나였다.

"예전 일이 그리워지기라도 했나? 아니면 나를 감시하기 위해 온 거야?"

"아니야. 와스디를 교육한 건 나였어. 그래서 온 거야."

"암살자를 교육했다라."

"와스디가 처음인 것도 아니었지. 벌써 잊었어?"

가야는 신참, 그러니까 와스디의 시체였던 고깃덩어리를 가루로 만들었다. 그러고는 다니엘을 가볍게 흘겨보았다. 다니엘이 가이사를 암살하려고 했던 것은 가이사의 블랭크 집단이 발족된 직후였다. 지금처럼 커다란 세를 형성하지도 못했고, 행성 시나고그에서 이만큼의 세를 만들 수 있으리라고는 아무도 예상하지 못했을 때였다.

하지만 그 약소한 세력의 구심점인 가이사와 그의 경호원이었던 가야는 어린아이를 상대하듯 다니엘의 암살을 무산시켰고 자신들의 제자로 삼았다. 규율상으로는 가이사가 스승이요, 가야가 수석 제자에 다니엘은 평제자였지만 초기에 다니엘을 돌본 것은 분명 가야였다.

그리고 가야가 다니엘을 가르친 만큼 다니엘 역시 가야를 가르쳤다. 다니엘은 암흑가의 여러 관습들과 8우주의 정세처럼 암살자만이 알고 있는 이런저런 정보들을 갖고 있었고 이 자산 또한 행성 시나고그의 블랭크 세력이 확장되는 데 지대한 영향을 미쳤다.

다니엘에게 가야는 스승이자 제자였고 손위 누이이자 손아래 누이였다.

"나는 네가 계속해서 이런 일을 맡는 걸 염려하고 있어. 네가 처음은 암살자로서 블랭크에 찾아오기는 했지만 이제는 어엿한 간부야. 간부에 어울리는 일을 맡았으면 해. 표면으로 나와서. 당당히 네가 할 수 있는 일을 해줘."

"내가 좋아서 맡았어. 나에게 어울리는 일이라고. 가이사 가로되, 퀑은 더 이상 폭력의 도구가 아닌 공존의 주체가 되어야 한다. 그리고 그런 입장에서 나 같은 놈이 표면으로 나가서는 안 돼."

"이건 스승님도 바라는 일이야."

가야로서는 분위기를 유하게 만들기 위해 꺼낸 말이었겠지만 결과는 그렇지 못했다. 다니엘의 표정은 곧바로 험악해졌고 가야 역시 자신을 향한 노골적인 적의에 최소한의 대응을 해야 했다.

"스승님이 원하신다면 나에게 직접 말씀하시라고 해. 스승님의 명령을 너를 통해 들을 이유는 없어. 아직도 네가 내 상급자인 것도 아니잖아?"

"알고 있어. 하지만 스승님과의 독대를 피하는 건 너야. 몇 달째 그림자에 숨어서 그림자다운 일을 하겠다고 명상에도 오지 않잖아. 그런데도 내가 너한테 이야기를 전달하는 일이 아니꼬운 거야? 간부면 간부답게 책임감을 가져."

행성 시나고그는 블랭크들의 행성이다. 갈 곳 없는 퀑들이 모이는 과도기적 거주 행성이기도 하다. 이렇게 이례적인 경우가 가능했던 이유는 어디까지나 가이사가 갖고 있는 정치력 때문이었다.

가이사는 블랭크들을 모아 세력을 이루었고 이 세력은 호사가인 귀족들이나 큉을 사냥해 연구소에 파는 것으로 연명하는 사보이들에게 대응하는 것 이상의 목적을 갖고 있었다. 큉들이 정치적 결사체를 조직해 8우주 평의회와 협상을 하고 지역 기반의 독립된 공동체를 설립한다는, 듣기만 해도 어처구니가 없던 이 계획은 이제 성공이 눈앞에 보였다.

가이사는 큉인 동시에 큉에 대한 탐구자이기도 했다. 사보이들이 큉들을 팔아넘기는 연구 기관과 같은 일을 했다는 이야기는 아니다. 그저 정치사회학적으로 큉이 8우주에서 차지하고 있는 기능과 위치에 대해서 고민하고 통계를 모아 정책적인 방향성을 탐구했을 뿐이다.

기나긴 8우주와 큉들의 역사에서 가이사와 같은 시도를 한 사람은 꽤 있었다. 그럼에도 가이사가 이제까지 백가쟁명의 사상가들과는 달리 자신의 이상을 어설프게나마, 행성 시나고 그의 개척이라는 현실로 구현할 수 있었던 이유는 여럿이지만 그중 하나로는 가야와 다니엘을 비롯한 간부들의 노력이 있었다. 8우주에서 비할 곳을 찾기 어려울 정도로 강력한 화력의 퀭들이 간부가 되어 가이사를 보필하고 있었던 것이다.

"너도 카퍼처럼 말을 하는 것이냐."

"그 속 시커면 사람이 뭐라고 했어?"

"나더러 에이스라고 추켜세우더군. 고작해야 청소부인 나를 말이야."

"대단한 이야기도 아니군. 카퍼니까 노림수가 있는 칭찬이기는 하겠지만 그 의견에는 나도 동의해. 지금 우리 사이에서 너만큼 싸울 수 있는 사람도 없잖아."

너를 빼고는 말이지, 하고 빈정거림이 튀어나올 뻔했다. 다니엘은 눈썹을 찌푸리면서 입도 다물었다. 가야는 가이사의 블랭크 무리와 간부를 통틀어서도 가장 강한 퀭이었다. 그리고 둘 사이의 긴장감에는 서로에 대한 경쟁의식도 어느 정도 들어가 있었다.

"카퍼가 어떤 마음으로 너를 세력으로 끌어들이려고 하는지는 나도 몰라. 하지만 간부로서 존중하기에 네가 활동의 장을 마련할 필요가 있다고 생각한다는 점에서는 나도 카퍼와 크게 다르진 않아."

"네 편이 되라?"

"내 편 같은 건 없어. 네가 가장 잘 알고 있잖아?"

"아니, 너는……!"

"이보게들. 내가 노림수가 있어봐야 무슨 수가 있겠어?"

다니엘의 어조가 격해지려는 찰나, 창고의 입구에서 누군가의 목소리가 들려왔다. 다니엘과 가야는 긴장 속에서 고개를 돌렸다. 비록 시체를 가루로 만들었을지는 몰라도 이곳은 엄연한 살인 현장이었으니까. 하지만 문을 열고 들어온 사람의 정체를 알게 되자 긴장도 곧 누그러졌다.

"카퍼."

"그래. 속 시커먼 사람이야."

도대체 둘 사이의 이야기를 어디부터 듣고 있었을지. 다니엘과 가야 모두 겉으로는 예의를 갖춰 인사를 했지만 속으로는 언제 보아도 영악한 인간이라며 혀를 찼다.

"가야. 가이사가 찾아. 잠자리를 봐달라는군."

"알겠습니다."

가야는 바로 순간이동으로 자리를 떠났다. 창고에는 카퍼와 다니엘만 남았다. 다니엘은 뒷맛이 좋지 않은 암살을 마친 뒤 조용히 쉬고 싶었을 뿐이었으나 가야와 카퍼라는 불청객이 연속으로 나타나 더 씁쓸한 기분이 되었다. 카퍼는 그런 다니엘의 마음을 아는 것인지 모르는 것인지, 어쩌면 다니엘보다도 더 잘 알고 있는 것인지 모를 미소와 함께 다니엘의 어깨를 툭, 치고는 격려의 말을 건넸다.

"다니엘, 알지?"

도대체 알기는 뭘 안다는 이야기인지. 다니엘은 영문 모를 질문에 그저 고개만 갸우뚱 기울일 뿐이었다. 아무래도 카퍼의 질문은 딱히 대답을 요구하는 성질의 것은 아닌 듯 보였다. 그러니 그저 특유의 그 속 모를 미소를 지어 보인 뒤 밖으로 나섰던 것일 테고 말이다.

예상치 않은 불청객이 모두 떠나고 다니엘은 홀로 창고에 남아 살인의 뒷정리를 마저 했다. 기억을 읽는 퀑이 창고를 뒤지더라도 아무 증거도 찾지 못하게끔 철저히 진행되어야 할 일이었다.

정리는 오래 걸리지 않았다. 몇 번이고 해왔던 일이다. 다니엘은 창고의 벽에 기대고서는 상념에 잠겼다. 미처 꺼내지 못했던 마지막 말에 대해서. 카퍼와 달리 가야의 편에는 누구도 없다. 가야는 그저 가이사의 편이다. 다니엘은 그 사실이 도무지 마음에 들지 않았다.

4

"부르셨습니까."

"오랜만이야, 다니엘. 반가워요."

좁은 방. 어두운 조명. 달콤한 꽃향기. 이 모든 것이 나른한 분위기를 연출하고 있었다. 와스디를 처리한 다음 날이다. 다니엘은 가이사의 호출을 받았다. 가야에게 가이사더러 직접 말하라고 신경질을 부리기는 했지만 정말로 직언을 올렸을 줄이야. 다니엘은 진절머리를 치고는 약간 굳은 채로 자신의 스승을 향해 다가갔다.

가이사는 의자에 앉아 있었고 그 앞에는 방석이 하나 놓여 있었다. 조명도 바닥도 꽃향기를 내는 아로마도 의자도 모두 값이 꽤 나가는 물건들이다. 가이사와 간부들은 행성 시나고

그의 관리자라는 자리에 어울리지 않게 검소한 생활을 중시했지만 명상 공간에 대해서는 어떤 투자든 아끼지 않았다.

"많이 바쁘신데 잘 왔습니다."

"그렇지 않습니다. 별일을 하고 있던 것도 아니었고요."

"아니에요. 형제님의 헌신을 제가 모를 리 없는데 그런 말은 하지 않아도 됩니다."

가이사는 은은한 차향 같은 미소로 다니엘을 바라보았다. 언제나 시끌벅적하고 흥겹게 주변의 분위기를 주도하는 가이사지만 이 명상 공간에서만큼은 그 태도가 사뭇 달랐다. 모든 것들이 깔끔하게 정돈된 명상 공간의 물품과는 달리 허름한 차림새에 덥수룩한 머리와 수염을 손질도 없이 내버려둔 모습이지만 그렇기에 더더욱 이 공간과 어울리는 느낌이었다.

"요즘 다니엘 형제님은 인기도 많지 않습니까. 바쁘신 게 맞지요."

"인기라니요?"

"카퍼와 가야한테 차례대로 구애를 받았다면서? 하여튼 잘 나가는 사람은 바빠."

이렇게 평소처럼 시시껄렁한 농담을 던지지만 그럼에도 표정이나 몸가짐은 가볍지가 않다. 이 공간의 무게가 갖는 느낌과 명상이 주는 의미가 이들에게는 남다르기 때문일 것이다.

다니엘 역시 말의 내용보다는 말투의 영향을 받아 진지하게 대응했다. 아니, 아마 다니엘이라면 명상 공간이 아니더라도 굳은 표정으로 대응했을 테지만 말이다.

다니엘은 가이사의 오른팔을 바라보았다. 자신이 한 번 잘 랐던 팔이다. 이제는 아주 희미한 흔적만이 남아 있을 뿐. 가 야가 깔끔하게 치료한 덕분이다. 활동하는 데에도 아무런 지 장이 없다. 하지만 그렇기에 저 흉터는 다니엘에게는 가이사 를 위협했다는 낙인이자 가야에게 빚을 졌다는 차용증처럼 다가왔다.

"파벌 싸움에의 권유였을 뿐이지 구애는 아닙니다. 그리고 어느 쪽이든 받아줄 마음도 없습니다."

"젊으니까 이것저것 해봐도 나쁘진 않을 텐데. 뭐, 다니엘 은 다니엘이 맞다고 생각하는 것으로 선택하세요. 어차피 블 랭크는 애초에 그런 걸 크게 신경 쓰지 않는 집단이니까."

"알고 있습니다. 걱정하지 마십시오."

"그래요."

"저는 스승님의 편일 뿐입니다."

다니엘의 단호한 태도에 가이사는 아무 대답도 하지 않고 조용히 미소만을 지어 보였다. 그러고는 천천히 손을 흔들어 다니엘을 자신이 앉아 있는 의자 앞의 방석에 앉도록 했다. 다니엘은 경건하기 그지없는 몸짓으로 가이사 앞에 조심스레 무릎을 꿇고 앉았다.

"눈을 감아."

가이사가 속삭이자 다니엘은 천천히 눈을 감았다. 약간의 정적이 지난 후 다니엘은 이마에 햇살처럼 따사로운 촉감을 느꼈다. 가이사의 이마일 것이다. 처음 만났을 때와 마찬가지로. 다니엘이 가이사를 죽이려 했다가 실패했던 그때와 마찬가지로. 몇 번이고 겪은 일이지만 다니엘은 이렇게 가이사와 이마를 맞대는 순간마다 떨림을 멈출 수 없었다.

"세례를 시작하자."

* * *

추락에서 오는 안도만 한 것도 없는 법이다. 다니엘은 의식이 꺼져 오감 모두가 소실되고는 무저갱의 암흑으로 빠져들어감을 느꼈다. 아무것도 느껴지지 않고 아무것도 다가오지 않는다. 그저 있는 것이라고는 다니엘 본인의 몽롱한 의지 하나뿐이다.

어떤 온기도 느껴지지 않지만 그렇기에 도리어 안락하다. 다니엘은 잠들 것만 같은 이 순간을 사랑했다. 세례의 시작 단

계는 이렇게 이른 시간 잠에서 깨었다가 다시 잠들기 전까지 의, 꿈과 현실의 모호한 경계를 오가는 것처럼 피세례자의 감 각을 매혹적인 방향으로 마비시킨다.

이 텅 빈 시공간에 곧 불청객이 찾아온다. 옅은 빛이 자아 를 내리쬐며 감각을 일깨운다. 처음에는 빛이라는 시각적인 신호로. 다음으로는 온기라는 촉각적인 신호로. 이렇게 되살 아난 감각들은 곧 청각과 후각, 심지어 미각마저 일깨운다. 이 빛의 이름은 가이사다.

'다니엘. 다니엘.'

'내버려둬……. 날…… 내버려둬…….'

'다니엘. 일어나. 가이사.'

'아니야…….'

'일어나. 가이사. 다니엘.'

가이사는 짧은 문장을 딱딱 끊어가며 되풀이한다. 피세례 자는 세례를 시작할 때마다 다시 잠들고 싶어 하는 어린이처 럼 칭얼거리기 마련이다. 그래서 가이사는 피세례자들을 논 리적으로 설득하기보다는 반복과 강조를 통한 각성을 유도하 는 편이 합리적이라는 노하우를 얻었다.

지난한 실랑이를 마친 뒤에야 다니엘은 겨우 정신을 차렸 다. 그의 앞에는 광야만이 펼쳐져 있다. 풀 한 포기도 자라나지 않은 광야가. 그리고 이 황무지는 너무나도 어두워서, 만약 전구처럼 조그맣게 빛을 내고 있는 공 모양의 자아, 그러니까 가이사가 옆에 없었다면 다니엘은 자신이 헤매는 곳에 풀 한 포기도 있느니 없느니 하는 생각도 못 했을 것이다.

'깨어났습니다.'

'일어날 수 있겠어요?'

다니엘은 그제야 자신이 광야에 누워 있음을 알아차렸다. 아직 온전히 정신을 차린 것은 아니었다. 어떻게든 다리에 힘을 주어 땅을 딛고서는 일어섰다. 가야 할 길이 멀다. 이제 다니엘은 끝없이 이어진 무의식의 공간을 탐색할 것이다. 어딘가에 숨겨져 있는 심볼을 찾아내야 하기 때문이다. 그렇게 되면 다니엘의 퀑 능력이 보다 더 강력하게 발전하게 된다. 비록 심볼을 찾아내지 못하고 무의식의 공간을 거닐기만 하더라도 그의 컨디션은 호조가 될 것이다.

이것이 바로 가이사가 수많은 퀑들을 한곳에 규합하고, 그들을 더 강력하게 만들고, 자신의 제자로 삼을 수 있었던 가장 큰 능력이었다. 가이사는 다른 사람들에게 농담 삼아 자신의 능력을 누구든 잠재우는 수면 능력이라고 말했지만 블랭크 간부들 사이에서 그 능력은 세례라고 불린다. 그리고 퀑들 중 자신의 힘에 매료된 이들일수록 세례자 가이사에게 더욱 더 복종하며 보필했다. 그들은 가이사에게 끌렸다고 하지만 정확히는 그의 세례를 받을 때마다 보다 더 강해지는 자신에게 매료된 것이었다.

무의식의 공간은 넓다. 심볼을 찾을 때마다 다음 심볼을 찾기까지의 기간은 더 길어지기 마련이었다. 잠재력이 강한 퀑이면 비교적 그 기간의 간격이 더디게 늘어나기는 했지만 이렇게 기간이 지연되는 것은 필연이었다. 그럼에도 가야와 다니엘은 크게 지체되는 일 없이 쭉쭉 자신의 능력을 계발시켰다.

'오랜만이니까 무리는 하지 말아요. 이번에 심볼을 찾지 못해도 너무 실망하지도 말고요.'

'그런 걱정은 없습니다.'

당신이 저의 목자이기 때문입니다, 라고 다니엘은 마음속으로 읊조렸다. 이제 둘은 긴 시간 동안 다니엘의 무의식 공간을 주유할 것이다. 이곳을 걸으며 점점 온기를 잃고 허기에 고통받으며 다시 잠들고자 하는 유혹에 끊임없이 직면하겠지만 다니엘은 그의 말대로 아무런 우려도 하지 않았다. 가이사라는 빛이 그의 옆에 남아서 가야 할 길을 비춰주며 지쳐 쓰러지지 않도록 격려할 것임을 믿기 때문이었다.

이 믿음이야말로 다니엘과 가야가 8우주의 쟁쟁한 블랭크들 사이에서도 최고의 자리를 독점할 수 있는 가장 큰 원동력이었다.

* * *

"커허, 허억, 억…… 큽……."

"다니엘. 괜찮아. 다니엘. 심호흡을 해. 천천히 숨을 쉬고. 다시 내쉬고. 좋아요."

다니엘은 사무치는 냉기에 몸서리치며 무의식 공간에서 깨어났다. 가이사는 기침을 하며 괴로워하는 다니엘을 포옹하고는 그가 호흡을 되돌릴 수 있도록 진정시켰다. 비록 현실에서는 20분 남짓만이 지났지만 다니엘과 가이사가 겪은 부담은 훨씬 컸다. 무의식 공간에 몰두하면 몰두할수록 신체 기능은 저하되고 뇌의 활동도 축소된다. 다니엘이 겪고 있는 냉기도 그 때문이다. 가이사가 세례를 하며 피세례자의 옆에 남는 이유 중에는 피세례자가 무의식 공간에서 깨어나지 못할 경우를 대비하기 위함도 있었다.

아쉽게도 이번에는 심볼을 찾지 못했다. 하지만 오랜만에 명상 공간에 들어와 세례를 받았음에도 이전과 비교해 제법 긴 시간을 무의식 공간에서 보냈다는 사실만으로도 고무적이었다. 아마 한 번이나 두 번 더 세례를 받으면 또 다른 능력을 개화할 듯싶었다.

겨우 현실로 돌아왔음을 자각한 다니엘의 눈에서는 천천히 눈물이 한 줄기 흘러내렸다. 세례가 끝나면 피세례자들은 적건 많건 눈물을 흘린다. 가이사는 자신의 품 안에서 숨을 헐떡이는 다니엘의 등을 토닥이고는 준비된 휴지로 그의 눈물을 닦아주었다.

"잘했어요. 잘 돌아왔어요. 훌륭한 여행이었어요."

"가이사, 가이사…… 저는……."

다니엘은 가이사의 심장 고동 소리를 들었다. 무의식 공간에서 함께했던 빛과 같이 느리지만 힘차게 박동하고 있음을 느꼈다. 그 순간 다시 한번 눈물이 흘러나왔다.

세례자들이 울음을 터뜨리는 이유에 대해서는 당사자 중 아무도 확신을 갖고 말하지는 못한다. 온갖 것에 이유를 따지고 설명하길 원하는 가이사 역시 여기에 대해서는 침묵했다. 하지만 다니엘에게는 그 이유에 대해 확신에 찬 가설이 하나 있었다. 차마 누구의 앞에서도 꺼낼 수 없는 가설이었지만, 다니엘은 그렇게 믿었다.

5

"자원 팀은 호조입니다. 저번 분기 대비로 광산은 120퍼센트, 유전은 320퍼센트 생산량이 늘었습니다."

"식량 팀은 현상 유지 정도예요. 역시 이 행성은 낙농업에는 적합하지가 않네요. 그나마 바다 농장의 양식은 동식물 가리지 않고 성과가 나쁘지 않기는 하지만요. 예정된 인공육 공장의 확장 없이는 수요를 따라잡을 수 없을 거예요."

행성 시나고그의 정기 회의의 도표는 상승세로 가득하다. 회의실의 넓은 테이블에 각 부서의 팀장들이 빙 둘러앉아 자신이 담당하는 부서의 수익을 자랑하느라 여념이 없다. 행성 시나고그는 큉이 아니고서야 견딜 수 없는 가혹한 환경의 행성이지만, 그렇기에 도리어 큉들이 독점적으로 자원을 획득

할 수 있었다. 그리고 가이사는 이 절호의 기회를 놓치지 않고 행성 시나고그에 공장과 농장을 설립해 기대 이상의 수익을 올리고 있었다.

지금처럼 이렇게 각 부서의 팀장들이 모여 회의를 할 때에도 내내 밝은 분위기가 유지될 수 있었던 것에는 이들이 이룬 성과가 경제적으로 유의미할 정도의 이윤으로 이어지고 있다는 희소식들 덕분이었다. 하지만 요즘에는 그 분위기에 조금씩 균열이 가기 시작했다.

"아쉽지만 거주 팀은 문제가 많습니다. 8우주 곳곳에서 오는 난민들을 수용할 수 있을 수준이 아니에요. 이제는 건물을 십몇 동 확장해야만 합니다."

빛이 있으면 그림자도 있는 법. 여러 면에서 이례적일 정도로 승승장구하고 있는 행성 시나고그의 블랭크들이었지만 이들이 성장할수록 그들이 챙겨야만 할 사람들의 숫자는 지속적으로 늘어났다. 큉들을 위한, 큉들만을 위한 행성이 있다는 소식에 8우주의 각지에서 난민들이 쏟아지듯 밀려왔기 때문이다.

행성 시나고그의 기후와 환경 탓에 블랭크들이 수용할 수 있는 난민들은 큉으로 한정되었다. 하지만 이 난민들 중 초기의 멤버들만큼이나 강한 능력으로 행성을 개간할 수 있는 큉들은 그리 많지 않았다. 질병에 걸리지 않는다는 정도 말고는 큰 도움이 되지 못하는 능력을 가진 이들은 그 생산량이 대단하질 못했다.

더욱이 범죄자로 기소되어 각 행성의 경찰 기구에 쫓기는 난민들도 행성 시나고그로 찾아오고 있었다. 어느 시대, 어떤 개척지나 겪는 문제였고 가이사와 간부들 모두 예상한 일이기는 했지만 이들이 곧 각 출신 행성별 조직을 이루어 힘겨루기를 시작하는 것은 예상하지 못했다. 난민들 사이의 갈등이 빚어지면서 거주 공간의 관리에 드는 인적, 금전적 자원이 급증하게 되었다.

"자원 팀의 상품들을 현금화하려면 얼마쯤 걸리겠습니까?"

"스승님, 전에도 말씀드렸지만 행성 단위 규모의 경제는 현금화가 크게 중요하지 않습니다. 거래의 대부분이 이 행성에 이후 있을 수익을 계산해서 이루어지니까요."

"맞다, 그랬지. 어쨌든 그 자원 팀에서 일군 수익으로 주거 구역을 증설하는 것이 가능합니까?"

"아무래도 무리입니다. 행성 모압에 세금을 내고 평의회에 이런저런 심사 비용을 대면 오히려 적자입니다."

"아이고, 도둑놈들."

가이사는 의자를 한껏 뒤로 젖혀 눕고는 탄식했다. 그들이 이룬 성과가 커질수록 그들이 내야 할 세금 또한 많아져만 갔다. 조금이라도 남은 수익은 곧장 행성 시나고그에 대한 설비 투자로 다시 사라질 뿐이었다. 지난한 개척민의 삶이었다.

행성 시나고그의 회의에서 가이사가 맡은 역할은 초심자의 질문을 던지는 수준밖에 되지 않았다. 가이사도 자신의 회계 능력이 한 달에 과자 사 먹을 용돈이나 받는 영유아 수준에 불과함을 알고 있었고 대부분의 경영 역시 각 부서의 팀장에게 일임하고 있었다. 하지만 가이사는 행성 시나고그에 거주하는 블랭크들의 대표였고 8우주 평의회 그리고 행성 모압과 담판을 지어 개척민의 지위를 얻어낸 상징적인 인물이었다. 그렇기에 그는 회의에 반드시 참가해야만 했다.

"이 문제를 해결하지 않으면 안 됩니다. 더 이상의 난민 수용은 불가해야 합니다."

"저는 그 의견에 반대해요. 행성 시나고그에 블랭크들이 정착할 수 있었던 것은 어디까지나 갈 곳이 없는 큉들을 위한 안식처를 8우주 평의회와 협의하에 만든다는 정치적인 당위가 있었기 때문이라고요."

"하지만 난민들이 오더라도 물리적으로 이들이 먹고살 환경을 마련해주질 못하지 않습니까? 그렇지 않아도 좁은 방을 어느새 둘이서 나눠 쓰다 이제는 넷이서 쓰게 될 지경이에요."

"자원 팀의 수익을 돌려야 해요."

"이후에 대한 투자를 생각하면 자원 팀의 예산을 쓰는 것은 어불성설이죠."

"아뇨, 본질적인 문제는 행성 모압이에요. 우리가 그네들의 부속 행성이라고 해서 이렇게나 세금을 뜯어가는 것부터가 문제예요. 어떻게든 정치력을 행사해서 세금을 줄여야 해요."

"우리의 정치력은 우리의 세금으로부터 나온다고요!"

가이사는 각 팀장들이 보지 못하게 조심스레 고개를 돌려 하품을 했다. 그의 전문 영역은 각 행성의 큉들과 블랭크를 규합하는 일이나 정치적 행동 강령을 만드는 일이었다. 가이사의 등 뒤를 지키고 있는 다니엘과 가야 역시 이 회의가 곤혹스럽기는 매한가지였다. 가이사와 달리 이 둘은 회의에서의 발언권조차 갖고 있지 않았다. 간부라고는 해도 이들이 맡은 임무는 가이사의 경호와 치안의 관리였으니까.

회의는 점점 격론으로 이어졌다. 사실 누구라도 쉽게 답을 내릴 수 있는 문제가 아니었다. 그리고 행성 시나고그를 놀이터 삼아 마음껏 건물을 짓고 자원을 채취하며 승승장구하는 일에만 익숙해 있던 팀장들에게 지금 상황은 더더욱 납득하기 어려웠다. 더 많은 돈을 벌수록 더 빠르게 가난해질 것이라고는 그들로서는 상상도 못 한 일이었다.

여러 지표의 상승을 근거로 웃고 떠들던 이전까지의 밝은 분위기가 완전히 다른 세상 일로 느껴질 만큼의 시간이 지나자, 가이사는 슬며시 손을 들어 팀장들을 조용히 시켰다.

"형제자매 여러분…… 아무래도 우리가 가지고 있는 숫자만으로는 도통 이 상황이 해결이 안 될 것 같아. 그렇지요?"

"그야……."

"그러니, 빚을 집시다."

빚은 자산이다. 또한 신용의 크기이기도 하다. 개인 수준의 자잘한 빚이 아니라 행성 경제 규모의 빚이라면 그 빚은 커질수록 도리어 득이 된다. 팀장들은 가이사의 입에서 이런 아이디어가 나온 것에 놀랐다. 애초에 이런 경영법은 팀장들이 몇번에 걸쳐 가이사에게 설명했던 상식 중 하나였지만 워낙에 이런 일에 무관심하고 깜깜했던 가이사였기 때문이다.

나쁘지 않은 아이디어로는 보이지만 그래도 명석한 답은 아니다. 빚을 지는 데 성공한다는 것은 일종의 투자자를 찾는데 성공한다는 이야기이기도 하다. 그리고 행성 시나고그는 더 이상의 투자를 이끌어낼 여력이 없었다.

"공관을 만들겠다고 합시다. 투자는 부동산이 좋고 쩐주는 눈먼 정부 돈이 좋다면서요?"

공관? 이 뜬금없는 아이디어에 팀장들은 어리둥절한 상태가 되었다.

"행성 시나고그가 행성 모압 그리고 평의회에 바치는 세금은 이제 제법 규모가 커졌지 않습니까? 하지만 언제나 돈을 받아먹는 놈들이 더하죠. 이제 그 의심 많은 양반들은 엉덩이가 꽤나 가려워졌을 겁니다. 저 지저분하고 더러운 퀑 놈들, 분명 이중장부든 뭐든 돈을 떼어먹고 있는 게 있을 거야! 이러고 있을 거라고요. 어떻게든 핑계를 찾아내 자리에서 일어나 우리를 감시하러 오고 싶을 겁니다."

그제야 팀장들은 가이사가 무슨 의미로 빚을 얻어내자고 한 것인지 깨달았다. 가이사는 행성 모압으로부터 관리자가 찾아오도록 만들 셈이었다. 행성 모압에서 보낼 관리자는 높은 확률로 퀑이 아닐 것이고, 한둘의 명목상 책임자가 아닌 행성 규모의 감사를 진행할 정도의 인원이 될 것이다.

또한 행성 규모의 감사를 진행할 정도로 많은 인원수의 사람들이 행성 시나고그에서 지내기 위해서는 이제까지와는 차원이 다른 수준의 공법으로 제작된 거주 공간이 필요할 것이다. 지금이야 강한 신체 능력과 질병으로부터 자유로운 면역력을 지닌 퀑들만을 위해 큰 설비가 필요하지 않은 건물만을 지었지만 외부의 감사를 위한 공관이라면 그 설계의 근본부터가 달라진다.

"엉덩이가 간지러운 걸 참지 못하는 양반들은 자기네들 뒤통수가 간질거리는 것도 참지 못하죠. 공관을 지어도 어지간히 튼튼한 건물이 아니면, 또 개척 행성의 무뢰배들로부터 안전하다는 확신이 들 정도의 경호 인력이 아니면 오지 않을 거라고 배짱을 부릴 거예요."

가이사가 무뢰배라는 단어를 꺼내자 회의에 참석한 팀장들을 비롯한 대부분의 인원들이 빙긋 웃었다. 이들은 8우주 평의회와 거래를 하고 행성 모압의 부속 행성 시민으로 살고 있으면서도 이런 종류의 반골 기질을 보임으로써 결속을 다지고는 했다.

가이사는 알게 모르게 그 반골 기질을 자극하는 것을 내심 즐기고 있었고, 청중의 반응이 좋자 마지막으로 쐐기를 박았다.

"특히나 행성 시나고그의 기후를 견디지 못하니 아예 돔 형태로 된 도시 규모의 거주 공간을 필요로 할 텐데, 도시를 하나 만들면 그에 뒤따르는 부가 시설과 추가 노동력이 있어야겠죠."

매혹적이다. 분명 매혹적인 방안이다. 행성 시나고그의 개척이 고작 10~20년 정도의 짧은 사업이라면 이런 투자는 받지 못할 것이다. 하지만 아무리 열악하고 험준한 환경의 행성을 테라포밍 하는 것일지라도 그 규모는 어디까지나 행성의 규모다. 그리고 행성의 자원은 최소한으로 계산하더라도 몇 세기 단위의 채굴이 가능하다.

만약 행성 모압의 지원으로 테라포밍을 위한 도시가 건설될 경우 많은 문제가 해결된다. 부족한 주거 공간 문제, 늘어만 나는 난민들의 관리 문제, 압박해오는 세금 문제, 행성 모압과의 정치적 알력 문제…… 성사만 된다면 향후 10년가량은 별다른 사업적 고민을 하지 않아도 될 정도다. 하지만 이렇게 매력적인 일은 떠올리기는 쉬워도 성사시키기는 어렵다.

"가이사, 가능하다면 꼭 성사시키고픈 사업이네요. 그런데 8우주 평의회나 행성 모압에서 우리 블랭크들에 대한 신뢰도가 그만큼 있을까요?"

"적어도 제안은 해봐야겠죠. 되거나 안 되거나 일단 던져봐야 아는 문제고 안 된다고 우리가 손해를 볼 일도 없지 않습니까?"

그건 그렇다. 행성 모압의 공무원들의 감사를 위한 공관을 짓겠다는 것은 정치적으로 행성 시나고그에 개 목걸이를 채워달라는 사인이기도 하다. 만약 그 개 목걸이가 너무 비싸 채우지 못하겠다고 하더라도 정치적인 긴장감을 다소 풀어놓을 수 있는 계기는 될 것이다.

"좋아요. 행성 간 회의 때 한번 제안을 하도록 하죠. 이런저런 기획서를 짜야겠지만 아주 오래 걸리지는 않을 거예요. 다음 회담이 언제 그리고 어디서였죠?"

"3주 뒤. 콴의 냉장고에서 열립니다."

6

"안 됩니다. 스승님. 가셔서는 안 됩니다."

"다니엘, 이미 들었잖아요? 이번 행성 모압에서의 회담은 우리 블랭크들에게 무척 중요합니다. 이번 요청이 성사되면 당분간 행성의 경영 문제로 골치 아플 일은 없어요."

"하지만 그 회담의 장소가 콴의 냉장고라면 분명 음모가 숨어 있다는 명백한 증거입니다!"

행성 시나고그의 경영 회의를 마친 뒤 다니엘은 복도에서 개인실로 돌아가려는 가이사를 붙잡고 회담에 불참하기를 애원했다. 다니엘이 암살자 시절의 인맥을 통해 알게 된 정보 중에는 콴의 냉장고에 대한 것도 있었기 때문이다. 그가 알기로는 행성 모압에서 가장 위험한 장소가 바로 그곳, 콴의 냉장고였다.

가이사는 이제껏 스승이 내린 결정에 다니엘이 이렇게까지 반대하는 모습을 보지 못했다. 덕분에 조금 신선하다고까지 여기며 웃어 보였지만 그 속내는 꽤나 당혹스러웠다.

"콴의 냉장고가 그렇게 대단한 곳입니까? 냉장고에 들어 있는 물건이야 뭐 음식들이나 그런 것들 아닌가요?"

"아닙니다. 냉장고는 별칭일 뿐이고 커다란 건물이나 다름 없습니다. 그 물건은 사물 큉으로 내부 공간의 물리법칙이 일반적이지 않은 현상을 보입니다. 안의 물건이 썩지 않는다는 이유로 냉장고라 불리고는 있지만 남다른 점은 그뿐만이 아닙니다."

"사물 큉이라. 그 이야기는 들었어요. 내부 공간이 점점 넓어지고 있고 그 안에 있던 일들은 기억 리딩을 할 수 없다면서요?"

"맞습니다."

"그리고 그 특성 덕분에 회담 장소로 지정된 것 아닙니까? 아무래도 행성 시나고그에서 일어난 일들에 대해서는 비공개로 진행할 사항들도 많으니까요."

가이사도 어쨌든 한 행성을 대표하는 인물이다. 스스로를 정치인으로 내세우지는 않지만 그가 하는 일은 정치가 맞다.

그리고 콴의 냉장고라는 공간이 갖는 특색에 대해서는 비록 암살자인 다니엘이 그 정보를 들은 루트와는 다르기는 했지만 이미 여러 가지 정보망을 통해 필요한 만큼의 특성은 다 파악한 상태였다.

"그 말도 맞습니다. 하지만 스승님께서는 콴의 냉장고와 같은 곳을 달리 부르는 이름에 대해서 아십니까? 몇몇 귀족들은 그곳을 악덕의 상자라고 부릅니다."

"악덕의 상자……?"

"예. 살인, 협박, 밀수…… 기억 리딩이 먹히지 않는다는 점을 악용해 그곳에 입장할 수 있는 귀족들이 온갖 종류의 범죄를 저지르는 곳입니다."

"아하! 그럴싸하군요. 역시 8우주의 귀족들. 제대로 썩었어."

"가뜩이나 여러 조직에서 스승님의 목숨을 노리고 있는 상황에 스승님을 그곳으로 불렀다면 함정일 가능성이 높습니다. 스승님의 안전을 최우선으로 염두에 두어야 합니다."

다니엘은 간절한 얼굴로 자신의 경애하는 스승을 바라보았다. 그리그 그 스승은 그저 미소로 화답할 뿐이었다.

"스승님. 스승님이라고 해도 데바림족이 아닌 이상 미래에 어떤 일이 일어날지는 알 수 없습니다. 부디 스스로를 더 아끼시고 암살의 위험에 제 발로 찾아가지 않았으면 합니다. 콴의 냉장고, 그곳에 들어가는 건 사자의 아가리에 머리를 들이미는 일이나 마찬가지입니다."

"다니엘, 저 역시 제가 미래에 대해서 알 수 없다는 것은 알고 있지요."

"스승님……."

"하지만 저는 제가 퀑들에게 봉사할 수 있는 일이라면 무엇이라도 할 것입니다. 그것이 제가 가고자 하는 길이에요. 별의 목소리가 이끄는 대로 말이지요. 미안해요. 가야가 기다리고 있겠어. 이만 자리를 떠야겠군요."

* * *

"젊은 친구들은 기운차서 보기가 좋아."

"카퍼, 오셨어요?"

"그래."

카퍼는 가이사에게 비닐봉지를 들어 보였다. 가이사의 방에 찾아올 때마다 으레 갖고 오는 선물이었다. 그래봤자 과자와 안주거리 몇 가지에 술 한 병이라는, 조촐한 만찬이었지만 가이사가 이만큼 반기는 선물도 없었다.

"가야는요?"

"방으로 보냈어."

가야는 가이사의 경호원이기도 했지만 감시자이기도 했다. 워낙에 노는 것에 환장하는 데다 스케줄 관리라고는 일절 못하는 가이사에게는 엄격한 감시자가 필요했다. 그리고 가야는 경호원과 감시자의 역할 양면에서 모두 적역인 인물이었다.

그나마 카퍼가 블랭크 사이에서 높은 신임을 받고 있고 활동을 오래한 인물이니 겨우 이 소박한 만찬의 자리가 생겨난 것이지, 아마 다른 사람이 가이사를 찾아왔다면 가야는 본인이 스스로 생각하기에 정중한 방법으로 손님을 되돌려 보냈을 것이다.

가이사는 신이 나서 카퍼가 건넨 비닐봉지에 담긴 물건을 꺼내고는 잽싸게 술상을 차렸다. 값이 싼 음식들이기는 하지만 둘이서 먹기에 양이 충분히 많았고 가이사나 카퍼 둘 모두 이 정도로도 충분히 행복해질 수 있는 사람들이었다.

"오자마자 대뜸 젊은 친구들한테 시샘이라니. 카퍼도 노인 티를 낼 만큼 늙은 것도 아니잖아요. 무슨 일이라도 있었어요?"

"무슨 일은. 그냥 언제나 시샘하고 있지."

"하여간 딴청은. 뭐 또 물은 건수가 있나 보네."

카퍼와 가이사는 각자 잔에 술을 채우고는 가볍게 건배를 했다. 대화도 대화지만 우선은 몸 안을 윤활유로 말끔히 세척하는 것이 우선이었다. 제법 도수 높은 알콜로 내장을 깨끗이 씻자 두 사람은 그제야 두뇌가 두뇌답게 움직이는 걸 느꼈다.

"다니엘, 그 친구도 아직 한참은 멀었지. 8우주 제일의 악당을 앞에 두고서도 선인이라 착각하고 있으니 말이야."

"그거 제 이야기입니까? 송구합니다만 저는 아직 카퍼 따라가려면 멀었어요."

"웃기긴. 콴의 냉장고로 판을 짠 사람이 누구인지 다니엘은 언제가 되어야 알게 될까 모르겠다. 여하튼, 이번 회담은 잘될 것 같아?"

"해봐야죠. 어쨌든 회담이 정기적으로 열린다는 것부터가 성과예요. 이 정도면 비중 있는 채널의 톱으로는 뜰 테고 그러면 행성 시나고그를 찾는 난민들도 더 늘어날 거예요."

"중요한 건 블랭크들의 숫자가 아니라고 했잖아. 사람이 자원인 것은 맞지만 그 숫자는 언제나 유동적이야. 우리가 처음에 시작할 때는 고작 스무 명도 안 되었던 것을 잊었어? 마음만 먹으면 만, 십만 불리는 것은 일도 아니야. 중요한 건 그 숫자를 늘리는 타이밍이라고."

"잔소리는. 어쨌든 아무리 난민들이 많이 찾아와도 상정한 이내예요. 비록 물자는 달릴 수 있지만 오히려 그게 더 이득이기도 해요. 배에 기름이 붙으면 간절함이 없죠. 우리 블랭크들은 좀 더 간절할 필요가 있어요. 아직 우리에게 합류하지도 못한 채 가진 놈들의 총알받이가 되는 것보다 더 못한 큉들의 삶도 공유하고 있어야 한다고요."

"흥. 내가 괜히 말재주를 키워놓았어."

카퍼와 가이사는 낄낄거리며 다시 술과 안주로 배를 채웠다. 두 사람만의 독대이니 술잔을 비우는 속도가 그렇게 빠르지는 않다. 이래저래 지껄이면서 술을 마시고 있기 때문이다. 두 사람의 목적은 취하는 것보다는 대화하는 것에 있었다.

어떻게 보면 가이사의 숙소에서 벌어지는 이 술판이야말로 낮에 있었던 공식적인 경영 회의보다도 더 행성 시나고그의 미래에 영향을 미치는 회의라고 할 수 있다. 대외적으로 블랭크들을 통솔하는 가이사와 대내적으로 행성내 정치세력을 규합하고 분산시키는 카퍼 두 사람의 술자리이니 말이다.

"내가 전에 이야기한 것은 생각해보았어?"

"어떤 거요? 노친네, 부려먹는 건 많아가지고."

"어허. 젊은이들에게 삶의 지혜를 나누어주는 것은 앞서 태어난 이의 의무지. 전에 그거 말이야. 콴이랑 이야기해보라고 한 거."

"뭐였더라."

"다 엎어버리는 거."

가이사는 아무런 대답도 하지 않았다. 그저 찡긋 눈살을 찌푸리고는 실실 웃으면서 술잔을 빙글빙글 돌릴 뿐이었다. 제법 오래된 화제였다. 한동안 카퍼의 입에서는 나오지 않았던 이야기이기는 하지만 콴의 냉장고에서의 회담이 결정되자 다시 그 욕심이 새어 나온 모양이다. 가이사는 짧지 않은 침묵을 지킨 뒤에야 겨우 대답할 용기를 쥐어짜낼 수 있었다.

"글쎄요, 카퍼. 저는 무섭습니다."

"애초에 각오하고 시작한 사업 아니었어?"

"많은 사람들의 미래가 걸린 문제예요."

"하지만 최후의 승자는 네가 된다고 그랬잖아."

카퍼는 콧방귀를 뀌었다.

"걱정하지 마. 가이사 가로되 큉은 미래 인류의 기준이자 표상이 될지니. 네 말대로 네가 걷는 길은 험난할 테고 누군가 다치겠지. 하지만 그건 먼 미래를 위한 초석이 될 거야. 그리고 우리가 무엇을 잃더라도 그건 다시 되찾을 수 있는 것이야."

"누군가는 이미 죽어서 없을 텐데 어떻게 되찾습니까?"

"혁명은 언제나 되찾을 수 없는 것을 되찾으려고 할 때 시작되는 거야."

가이사는 다시 입을 다물고는 술잔만 빙글빙글 돌렸다. 그가 이미 예상한 일들이 현실로 다가왔지만 전혀 실감이 되지 않았다. 실감하지 못할 거라 예상하기도 했지만 그 예상이 맞아떨어졌다는 것에 딱히 즐겁지도 않았다. 즐겁지 않으리라는 것조차 예상했음에도 말이다.

7

 "행성 간 순간이동으로 가면 될 텐데. 어차피 세례받은 사람 중에서 그 정도 기술을 가진 놈들이야 이미 많고. 걔네들이 다 나설 것도 없이 가야가 몇 번 왕복해도 전원 이동이니까……라는 생각이 드는 것도 사실입니다만, 어쩔 수 없죠. 평의회 측에서는 우리 안에 행성 간 순간이동이 가능한 퀑이 있다는 것만으로도 아주 질겁할 테니까요. 그러니 비싼 돈을 주고 우주선을 하나 대절하게 되었습니다. 원래라면 공으로 가야 하는데!"

 모두들 와자지껄하게 웃는다. 이날은 행성 모압으로 회담을 떠나기 하루 전날. 특사로 선정된 인원끼리 조촐히 행성 모압에서의 일정에 대해 브리핑을 하고 식사를 함께하기로 한

날이었다.

핵심적인 멤버는 저녁식사 자리에 참석한 열다섯의 인물들이다. 그 외에 쉰 남짓한 블랭크들도 함께 떠날 예정이었다. 오랜만에 행성 시나고그 바깥바람이나 쐬자 했던 이들은 반쯤은 수행원이고 반쯤은 유급휴가자 신분으로 지낼 예정이다.

"하지만 아직 공항 같은 것도 없고 행성 시나고그에 착륙할 수 있는 우주선들은 좀 더 값이 나가니 행성 모압의 우주정거장까지는 순간이동으로 움직일 예정입니다. 그러니까 결국 행성 간 순간이동을 하는 거랑 별로 다를 건 없는 게지. 각 조마다 담당 능력자가 붙을 거예요."

가이사는 쾌활한 목소리로 특사들에게 일정을 알렸다. 이들은 모두 가이사에게 세례를 받았으며 그의 최측근으로서 활동하는 간부들이기도 하다. 이 만찬의 자리에 앉은 이들 모두가 가이사에게 자신의 뿌리 깊은 무의식의 영역을 내준 경험을 공유하고 있었다.

그들이 가이사에게 편히 속내를 내보인 만큼이나 가이사 역시 그들을 가족처럼 가깝게 대했다. 비록 다니엘과 가야처럼 간부들 사이에도 불편한 관계인 경우도 있었지만 어쨌든 이 만찬에 참가한 이들은 모두 가이사를 중심으로 똘똘 뭉쳐 있었다.

커다란 테이블에 둘러앉아 가끔씩 서로 대화를 나누고는 있었지만 모두들 가이사의 말 한마디 한마디에 나름 집중하고 있었다.

"뭐 저야 여느 때처럼 얼굴마담만 하고 올 테니까요. 중요한 업무들이야 원래 팀장들 선에서 끝이 나는 거지. 나야 이 정도지만 카퍼는 더 해. 저 사람은 같이 우주선을 타고 가기는 할 건데 우리랑 같이 있는 건 갈 때 올 때뿐이고 나머지는 내내 관광할 거래요. 또 그럴 사람?"

다시 한번 웃음소리가 터져 나온다. 카퍼 또한 실실거리며 능청맞은 표정을 하고는 과장되게 딴청을 부리며 식사를 계속했다.

이 흥겨운 분위기가 유지되는 것에는 카퍼가 집중하고 있는 만찬의 내용물 덕분도 있을 터이다. 행성 시나고그는 혹독한 환경을 가지고 있고, 혹독한 환경에 있는 만큼 식자재의 관리도 쉽지가 않다. 평소 블랭크들이 행성 시나고그에서 먹는 식사는 맛보다는 관리의 편의성에 맞춰져 있었다. 하지만 오늘의 만찬은 내일의 회담을 축하하기 위한 특식이었다.

"아시다시피 사흘 일정입니다. 첫째 날은 행성 모압에 도착해서 입국 수속을 밟고 환영식에 참가하느라 정신없을 거고요. 둘째 날이 메인입니다. 오전부터 이런저런 공식 회담도 갖고 토론이 있습니다. 그리고 본격적인 이야기는 저녁에 냉장고에서 할 거예요. 평의회 의원인 폰티아와 모압의 귀족 중 최고 유력자인 안나스 그리고 저 셋의 비공개 회담입니다."

"그 안나스 말입니까? 대표적인 퀑 차별주의자이지 않습니까?"

"동시에 행성 모압에서 가장 큰 돈줄이기도 하지요. 만약 이 사람처럼 극렬한 차별주의자한테마저 투자를 받아낸다면 행성 모압에서 우리의 신용은 지금보다 세 배, 네 배로 뛸 거예요."

"하지만 잠자코 퀑인 가이사와 악덕의 상자에서 회의를 할까요?"

"각자 경호원을 한 명씩 데리고 들어갈 예정이에요. 걱정은 마요. 나는 가야와 함께 갈 테니까. 그리고 마지막으로 셋째 날에는 행성 모압의 전쟁 기념관에서 연설을 해야 집으로 돌아올 수 있는데 고작해야 연설이니까 여러분은 크게 신경 쓰지 않으셔도 되고요. 저만 바쁘죠."

계속해서 터져 나오는 웃음소리. 모두가 흥겨운 만찬에서 이 시끌벅적한 분위기가 일종의 기만임을 알아차린 사람은 많지 않았다. 모처럼 가이사의 세례자들이 한데 모였음에도 온건치 못한 공기가 흐른다.

다니엘도 이 불협화음을 느낀 사람 중 하나였다. 콴의 냉장고에서의 회담이 결정된 이후로 내내 어딘가 박자가 어긋났다고 느끼며 신경질을 내던 다니엘이었으니 이를 가장 먼저 감지한 것도 이상할 일이 아니었다.

세례자들은 웃고 있지만 웃고 있는 것이 아니었다. 분명 다들 이 회담 어딘가에 이상한 점이 있음을 본능적으로 느끼고 있었다. 다니엘은 만찬에 참석한 세례자들의 낯빛을 천천히 살폈다. 그들 중 어색한 표정으로 웃지 않는 사람은 다니엘과 가야, 두 사람뿐이었다.

* * *

"여기가 혹시 7우주인가? 다니엘이 나한테 말도 다 걸고 말이지."

"농담이나 하려고 너를 부른 것이 아니다."

이상할 정도로 활기찼던 만찬이 끝나고 각자 숙소로 돌아가려는 때, 다니엘은 가야를 몰래 불러 세웠다. 그러고는 조용한 창고로 데려갔다. 평소라면 다니엘이 암살자를 시체로 만들고 청소할 곳이지만 오늘은 사정이 다르다. 무엇보다 가야를 시체로 만들기 위해서는 제법 단단한 각오가 필요하다.

가야는 이 늦은 시간에 다니엘이 자신을 불러 세웠다는 것
이 우스꽝스럽다고 생각했는지 미소를 지을 정도다. 정작 대
화를 시작한 장본인인 다니엘은 날카롭게 신경을 곤두세우고
는 어금니를 꽉 물고 있을 뿐이다.

"왜 스승님을 말리지 않았지?"

"내가? 뭐를?"

"너는 알고 있을 텐데. 콴의 냉장고가 어떤 곳인지. 악덕의
상자에서 어떤 일들이 일어나는지. 누구보다도 잘 알고 있을
네가 왜?"

가야는 다니엘이 낮은 목소리로 자신을 힐난하자 이제는
어처구니가 없다는 듯이 표정을 굳혔다. 야밤의 밀회에서 나
눌 대화치고는 따분한 주제이기는 하다.

"내가 스승님에게 콴의 냉장고로 가지 말라고 막지 않은 것
은 맞아. 하지만 너도 알고 있을 텐데. 콴의 냉장고에 대해서
는 내가 아는 만큼이나 스승님도 잘 알고 계셔. 어쩌면 나보다
도 더 많이 알고 계실지도 모르지. 그런 상황에 내가 애초에
왜 스승님을 막아야 하는지도 모르겠고, 막지 않았다고 붙들
려서 너한테 왜 훈계를 들어야 하는지도 모르겠네."

"그곳에서는 아무리 너라고 해도 가이사의 안전을 장담할
수 없어. 냉장고 안에 군대가 주둔하고 있어도 이상할 것이 없

다고."

"다니엘. 콴의 냉장고로 가겠다고 결정한 것은 스승님이야.
왜 스승님을 어린아이로 취급해? 네 말이 맞아. 그곳은 위험
해. 하지만 스승님은 블랭크의 대표이고 나는 그가 대표로서
위험을 감수하고 내린 결정을 존중해."

"가이사를 어린아이 취급하는 것이 아니야. 그는 블랭크의
구심점이자 퀑의 구원자가 될 수 있는 사람이다. 우리는 어떻
게든 그를 위험에서 보호해야 해. 그리고 너는 그에게 가장 신
망받는 제자잖아."

"글쎄. 가이사를 보호해야 한다면 너처럼 과격한 추종자들
로부터겠지. 가이사 가로되 퀑은 죄인이 아닌 주인이 되어야
한다. 자본가도 귀족도 나도 그들의 주인이 아니다. 잊었어?"

창고 안의 분위기는 순식간에 험악해졌다. 다니엘은 끓어
오르는 욕지기를 겨우 삼키고는 가야를 매섭게 노려보았다.
반면 가야는 너무 과하게 표현했다 싶었는지 뒤로 한발 물러
나 방어적인 태도를 취했다. 두 사람 모두 침묵을 지키다 먼저
말문을 연 사람은 겨우 화를 삭인 다니엘이었다.

"너와 대화를 하고 있자니 정말 나 자신이 바보 같아지는
군. 나는 블랭크를 위해 그리고 스승님을 위해 어떤 일이든 어
떻게든 하려고 하는데 정작 스승님의 가장 가까운 제자인 너

는 이런 중대한 사안에 별 관심조차 없는 것 같다."

"나는 간부로서도 내려진 지침을 잘 이행하고 있어. 너도 내 성실성을 의심하지는 못하겠지."

"그래. 하지만 충성심은 의심하고 있어."

"의심하지 않아도 돼. 처음부터 나는 충성심이나 블랭크에 대한 소속감으로 이곳에 있는 것이 아니었으니까. 애초에 나는 가이사가 나를 수렁에서 구해줬기에 그 은혜를 갚기 위해 있을 뿐이야."

"가이사의 철학을 믿지도 않으면서?"

"가이사의 선택을 믿지 못하는 건 너잖아."

"이게 내가 가장 아끼는 두 제자의 대화라니. 맙소사. 다른 사람들이 들으면 어쩌나."

갑작스레 들려오는 제삼자의 목소리. 다니엘과 가야는 그 목소리의 주인을 알고 있었다. 그들의 스승이자 행성 시나고 그 블랭크의 지도자. 그리고 이제까지 그들이 나누던 대화의 주요 등장 인물. 가이사였다.

8

"오호통재라. 내 탓이오, 내 큰 탓이로소이다. 이보게들. 이 곳이 어떤 곳인지는 다들 알 거야. 하지만 그만큼 나나 카퍼 같은 간부들의 시야에 잘 들어오는 곳이기도 해요. 밀회를 갖기에는 적절하지 않은 장소 같은데?"

가이사는 비통하다는 듯이 과장된 몸짓으로 가슴을 치며 다니엘과 가야의 사이에 억지로 비집고 들어가서는 둘의 논쟁을 중재했다.

"스승님. 그런 게 아니라……."

"게다가 그 밀회가 사랑의 속삭임을 위한 것이라면 모른 척 넘어가야겠지만 두 사람이 나눈 이야기는 내용이 내용인지라 끼어들게 된다고. 우선 가야는 숙소로 돌아가요. 내일 준비할 거 많잖아. 다니엘이 진짜로 이야기를 하고 싶은 사람은 나일 테니까. 그렇지?"

"······알겠습니다."

가야는 한숨을 쉬고는 순간이동으로 창고를 떠났다. 다니엘은 가야가 안도의 한숨을 쉰 것인지 한탄의 한숨을 쉰 것인지 그리고 그 한숨의 대상은 누구였는지 구분하지 못했다. 애초에 지금 그가 가장 먼저 신경 써야 할 사람은 가야가 아니기도 했다.

"다니엘. 가야랑 그렇게 날을 세울 일도 아니잖아요. 조금 진정하면 어떨까요."

"날을 세울 일이 맞습니다. 저는 이것이 심각한 문제라고 생각합니다. 가야는 스승님의 총애를 가장 많이 받고 있지만 정작 블랭크의 철학과 목적에는 무관심합니다. 스승님은 가야의 방만함을 알고 계셨습니까?"

"알아요. 그게 가야의 매력이잖아요. 자매님은 그저 좋아하는 사람이 다치는 것을 보지 못할 뿐이지요."

예상치 못한 가이사의 담담함에 다니엘은 적잖이 놀랐다. 가이사는 가야가 블랭크라는 집단에 대한 충성심이 없다는 이야기에 낙담하거나 실망하지도, 분노하지도 않았다. 어쩌면 이 상황을 즐기는 것이 아닐까 싶을 정도로 태평하게 다니엘을 향해 웃고 있을 뿐이었다.

* * *

"가이사 님, 오랜만의 행성 모압에 방문하시는데 행성 모압의 퀑들에게 하실 말씀이 있으신가요?"

"퀑들이여, 자긍심을!"

"이번에 퀑 분리주의자인 안나스 자작님과도 만나실 예정이지요? 정치적으로 입장 차이가 큰 안나스 자작님을 어떻게 설득하실 생각이십니까?"

"안나스 자작님은 영민하신 분이에요. 논리적으로 대화를 풀어나갈 수 있는, 고마운 분이기도 합니다. 저는 저와 안나스 자작님의 입장이 그렇게 다르다고 생각하지 않아요."

"폰티아 의원에게는 행성 시나고그의 개척을 위해 어떤 종류의 지원을 요청하실 생각이십니까?"

"우선은 와인 한 잔을 부탁드리고 싶은데요."

"회담 중에 음주를 하시려고요?"

"이럴 수가, 제 실언입니다. 잊어주세요. 물이라도 주시면 와인처럼 마시겠습니다."

"그대로 기사에 적겠습니다."

"실수로라도 와인을 주시면 물처럼 마시겠다고 적지는 말아주세요. 사실이니까요."

행성 모압의 우주정거장까지 행성 간 순간이동으로 움직인 가이사의 세례자들은 곳곳에서 쏟아지는 카메라 세례에 당황을 금치 못했다. 그저 이 모든 기자들의 관심 대상인 가이사만이 나름의 퍼포먼스로 흥겨운 분위기를 이끌어내고 있을 뿐이었다.

우리가 이렇게나 주목을 받을 존재였다는 말인가. 변두리의 개척지인 행성 시나고그에서 너무 오래 지냈기 때문인지 세례자들은 행성 모압의 슈퍼스타 대접을 받는 가이사를 새삼 존경의 눈으로 바라보았다.

"이런 모습이 익숙한 건 가야, 자네뿐인가?"

"아무래도 그런 것 같네요. 가이사는 행성 시나고그에 가기 전부터 유명 인사였고 그 모습을 지켜본 사람은 저 하나니까요."

"내가 체크해야 할 사람이 있어?"

기자들 무리가 가이사에게 집중한 사이 카퍼는 어느새 가야에게 다가가 말을 걸었다. 카퍼가 기자들의 정보를 묻는 이유는 간단하다. 구워삶아 또 다른 장기 패로 삼을 수 있는 인물을 가늠하기 위해서다. 경호가 가야, 암살이 다니엘의 임무인 것처럼 정치야말로 카퍼가 활약할 수 있는 장이었다.

가야는 가이사를 에워싼 기자들을 체크했다. 몇몇은 행성 시나고그로 떠나기 훨씬 이전부터 가이사를 전담했던 자들이었다. 가야는 기억 전달로 카퍼에게 주요 인물들의 간략한 프로필을 읊어주었다.

'아.'

'왜?'

'카퍼라면 좋아할 것 같은 타입의 기자가 하나 있군요.'

'누구?'

'저 사람. 저 남자. 시메온. 급진파 언론 주간지인 모압 위켄드에서 큉들에게 우호적인 기사를 쓰고 있으며 가이사의 열광적인 팬이기도 하죠.'

시메온은 방금 와인에 대해 농담을 받았던 기자다. 길쭉한 키에 바짝 메마른 몸 그리고 회색빛 피부가 인상적인 인물이었다. 카퍼는 의미심장하달까 음흉하달까 뭐라 말해야 좋을지 모를 미소를 지으며 소리가 나지 않게 손뼉을 쳤다.

'아하, 저 얼굴은 나도 기억이 나. 저번에 행성 시나고그를 취재하려다 비용 문제로 오지 못한 그 친구로군.'

카퍼는 고맙다는 표시로 가야의 어깨를 토닥이고는 세례자들 무리 속으로 다시 돌아갔다. 사냥감을 살펴보기 위해 수풀로 숨은 셈이다. 가야는 저 속 모를 고양이 같은 남자가 도대체 어떤 방법으로 시메온을 구워삶을지 기대 반, 걱정 반의 심정이 되어 바라보았다.

한숨이라도 쉬고 싶은 상황에 가야는 다시 한번 등 뒤에서 인위적인 인기척을 느꼈다. 그리고 이 인기척의 주인이 누구인지는 너무나도 잘 알고 있었다. 다니엘이었다.

'가야.'

'저 기자들 중에 가이사를 암살할 사람은 없어.'

'그건 네가 결정할 일이 아니야.'

'없다고.'

'아니, 네가 할 수는 있군. 네가 가이사를 암살하면 네가 결정할 수 있는 일이 되겠지.'

'빈정거리지 마.'

'왜? 너는 가이사의 철학을 믿지도 않잖아.'

'질린다.'

산 넘어 산. 킹 지나 하이퍼 킹. 가야는 텔레파시로 진행되는 이 지난한 말다툼을 끝내기 위해서라도 빨리 기자들의 정보를 넘겨주는 편이 좋다는 것을 알고 있었다. 어쨌든 우주정거장까지 올라올 정도로 가이사와 행성 시나고그에 관심이 많은 기자들이고, 이런 수고를 보이면서까지 가이사에게 저

주를 퍼부을 인사는 아직 없었다.

가야는 기계적으로 자기가 눈앞의 기자들 중 호의적으로만 기사를 쓰지는 않았던 인물들에 대한 정보를 하나하나 나열해서 다니엘에게 알려주었다. 하지만 다니엘은 잠자코 듣고만 있지 않았다.

'잠깐. 기준이 이상하다.'

'알려줄 만한 기자들은 조금이나마 호평을 하지 않은 사람들밖에 없어. 행성 모압에서 우주정거장까지 온 사람들이야. 대부분 스승님을 좋게 본다고.'

'아니. 스승님에 대한 기사를 나쁘게 쓴 기자를 찾는 게 아니야. 좋게 쓴 기자를 찾는다.'

'왜?'

'암살자의 첫인사는 언제나 호의적이니까.'

'호. 경험담?'

'시끄러.'

가야는 다시 기자들을 쭉 살폈다. 그리고 이번에도 눈에 들어오는 사람은 방금 카퍼에게 알렸던 그 인물과 같았다. 시메온이었다.

'네 기준이 그렇다면 시메온을 체크해봐. 하지만 카퍼도 시메온을 노리고 있을 거야.'

'상관없어.'

가야는 아무래도 이번 임무가 이래저래 피곤하겠다 싶어 벌써부터 한숨을 쉬고 말았다. 가이사 주변에는 여전히 기자들이 무리 짓고 있어 경호에 대한 긴장이 생기지 않기도 했다. 가야는 다니엘이 걱정하는 것과 달리 이번 회담에 별다른 불안이 없었다.

모여든 기자들의 숫자를 봐서도 알 수 있지만 행성 모압의 민중 그리고 그중에서도 쿵들이 가이사에게 보내는 신뢰와 기대는 결코 작지 않았다. 그런 사회적인 공기를 어리다고 할 수 있는 나이부터 체감했던 가야에게 행성 모압은 행성 시나고그보다도 더 고향과 같은 곳이었다.

가야는 은근슬쩍 눈을 돌려 우주정거장 벽에 설치된 시계를 확인했다. 슬슬 기자회견을 마치고 행성행 우주선을 타야 할 시간이었다. 차라리 행성 모압으로 바로 순간이동을 하고 기자회견을 호텔에서 했다면 이런 번거로운 제약도 없었을 것을, 하고 생각하며 가야는 혀를 찬 뒤 가이사와 기자 사이에 끼어들어 회견을 중지시켰다.

"시간이 다 되었습니다. 이만 출발하겠습니다."

가야는 마지막으로 질문을 한 번이라도 더 하고자 손을 든 기자들을 제지하고는 가이사를 뒤로 물렸다. 아쉬운 것은 기자들만도 아니었는지, 가이사는 가야의 안내에 따라 기자회견석을 떠나면서도 기자들을 향해 한마디 외치는 것을 잊지 않았다.

"그렇다면 여러분, 이따 파티에서 뵙도록 하지요!"

9

"가야. 도대체 왜 당신의 치유 능력으로는 숙취를 해소하지
못하는 겁니까……."

"글쎄요. 한번 연구해보시죠. 왜 다른 제자들이 다 말리는데
도 우리 스승은 술을 절제할 줄 모르는지 연구한 다음에요."

"죽겠네……."

가이사는 커다란 문 앞에 서서 관자놀이를 양 검지로 꾹꾹
누르며 정신을 차리려고 애를 썼다. 어제 환영식에서 과하게
술을 마셨기 때문이었다. 행성 모압의 유지들이 제법 모인 파
티이고 오늘 회담의 주인공인 평의회 의원 폰티아와 모압의 귀
족 안나스를 잠깐이나마 미리 만나기 위해 주선된 자리였다.
술은 고급스러웠고 할 일은 적었다. 마시지 않을 수 없었다.

가야는 미간을 한껏 찡그린 가이사에게 다가가 옷매무새를 가다듬어주었다. 이렇게까지 격식 있는 차림새를 한 것은 가야나 가이사나 오랜만이었다. 게다가 오늘 가이사가 입은 옷은 행성 모압을 스캔해서 보낸 자료로 맞춤 제작한 물건이었다. 가야는 아름답게 재봉된 옷을 보며 지금 이 회담에 오기까지 그들이 견뎌야 했던 시간들을 떠올렸다.

이들이 앞에 두고 있는 것은 바로 콴의 냉장고. 그 이름처럼 하얗고 문이 달린 육면체의 형태를 하고 있지만 그 크기는 어지간한 빌딩만큼이나 커다랗다. 콴의 냉장고의 특별한 점은 이 크기만이 아니다. 이 안의 공간은 계속해서 성장하고 있는데 양자 통신은 두절되며 기억을 읽는 쿵이더라도 이 안에서 있었던 일들에 대해서는 능력을 적용하지 못한다.

"회담에서 이야기하실 내용들은 다 준비를 하셨고요?"

"대충은요. 어차피 미리 준비한다고 풀릴 문제들도 아닌걸요."

콴의 냉장고에서의 회담은 어디까지나 비공개로 이루어진다. 그러니 가이사의 곁에서 수행하는 제자도 가야 한 명으로 좁혀졌다. 오늘 콴의 냉장고에서 함께 회담을 할 평의회 의원 폰티아나 귀족 안나스도 모두 경호원 겸 비서로 단 한 명만을 곁에 두기로 결정이 된 사항이었다.

"어제 그 기자가 너무 잘 놀더라고. 시메온 그 친구."

"또 신나서 무슨 이야기라도 흘리신 건 아니겠죠. 시메온과의 인터뷰는 어제 술자리가 아니라 오늘 회담이 끝난 뒤입니다."

"아마 괜찮을 거야."

모호하게 웃는 가이사를 보자 가야는 한숨이 나왔다. 다들 이 위대한 스승을 기묘하기 그지없는 묘책을 내놓는 책사라 여기지만 가야는 이 남자가 철없는 어린아이가 아닌가 의심이 들 때가 더 많았다. 가야는 태평한 가이사를 뒤로하고 콴의 냉장고에 다가가 그 커다란 문 앞에 손을 댔다.

"어때. 열 수 있겠어요?"

"콤비네이션 기술을 쓰면 딱히 어려울 건 없겠어요. 여러 공간이 중첩되어 있어서 원하는 곳에 바로 들어가려면 정보가 이것저것 필요하긴 하겠군요."

"우리 중에선 가야 말고 또 들어갈 만한 사람이?"

"역시 다니엘이죠. 그리고 세례자들 절반 정도는 시간은 좀 걸리겠지만 아마 가능할 거예요. 카퍼 같은 경우만 아니면요."

"그래도 우선은 콴이 준 열쇠로 들어가도록 해요. 평의회 측에서 악덕의 상자에 우리 퀸이 자유자재로 드나들 수 있다는 걸 알면 아주 발광을 할 테니까."

가이사는 품에서 작은 카드를 한 장 꺼내 칸의 냉장고 문 앞을 향했다. 그러자 터엉, 하고 밀폐된 공간에 공기가 빠져드는 소리가 나더니 냉장고의 커다란 문이 천천히 열리기 시작했다. 가이사는 방금까지 숙취로 고통받던 젊은이라고는 상상할 수 없을 정도로 근엄하고 진중한 표정을 지었다. 그러고는 몇 번 기지개한 뒤에 기운차게 냉장고 안으로 발걸음을 옮겼다.

"좋아, 이제 별을 삥 뜯으러 가봅시다!"

* * *

가이사와 가야는 만약 사후 세계가 있다면 이러할까 싶을 정도로 하얗기만 한 텅 빈 공간을 한참 걸은 뒤에야 회담 장소에 도착할 수 있었다. 그곳에는 그저 자그마한 테이블과 의자 셋이 놓여 있을 뿐이었다. 가이사의 자리를 제외한 곳에는 각각 평의회 의원 폰티아와 귀족 안나스가 앉아 있었다. 그리고 그들 뒤에는 단단한 체구의, 아마도 경호원으로 보이는 인물들이 복면을 쓴 채로 서 있었다.

폰티아는 키가 크고 깡말랐으며 날카로운 눈매가 인상적인 스킨헤드의 여성이다. 정치인들 특유의 미소로도 지워지지 않는 매서움으로 행성 모압 시민들의 지지와 적대를 한 몸에 사고 있는 인물이기도 했다. 폰티아는 이 회담을 중개한 호스트로서 가이사에게 인사를 건넸다.

"잘 오셨습니다. 점심의 공개 회담 때는 수고 많으셨습니다."

"별일도 아니었는걸요. 폰티아 의원님은 좀 쉬셨나요?"

"다른 곳에 들렀다 오느라 쉴 시간은 없었습니다."

"이 바쁜 사람들이 한곳에 모이는데 쉬기는 무슨. 자네야말로 술은 깼어?"

"염려해주신 덕분에 많이 좋아졌습니다, 안나스 자작님."

'안나스 자작은 커다란 몸집에 짐승 같은 성격을 가진 남자다.' 이것이 세간의 평이다. 하지만 가이사는 안나스 자작을 볼 때마다 생김새만으로 사람을 평가하기란 쉽지 않은 일임을 느꼈다. 안나스는 곰처럼 험상궂은 외모를 하고서는 족제비처럼 잽쌌다.

가이사가 콴의 냉장고에 가장 마지막으로 도착한 것은 우연이 아니었다. 대부분의 경우라면 을에 위치하는 사람이 회담의 자리에 먼저 도착해 갑에 위치한 사람을 기다리는 것이 예우겠으나, 암살에 특화된 이 콴의 냉장고에서는 자신이 함정을 파지 않았다는 것을 증명하기 위해 권력관계에서 더 밑에 있는 사람이 보다 나중에 와야 했다. 그리고 테이블에 앉은 이 셋 중에서 가장 지위와 서열이 낮은 사람은 가이사였다.

"제안하신 사업에 대해서는 긍정적으로 보고 있습니다. 행성 모압에서도 대규모 건축에 대한 투자는 사회 각층에 활기를 불어넣을 테니까요. 평의회에서도 저에게 세비로 벌일 거대한 사업에 대한 필요성을 역설하고 있습니다. 무엇보다 곧 선거도 있을 테고요."

폰티아 의원은 안색을 한 번도 바꾸지 않고 행성 시나고그의 공관 설립이 자신에게 가져다줄 금전적, 정치적 이득에 대해 언급했다. 가이사는 이렇게 폰티아 의원이 기계적으로 돈과 표를 계산한다는 점에 큰 신뢰를 보냈다.

"시나고그에 퀑들만 모여 있다는 것에 대한 두려움과 불만을 가라앉히기에도 효과적일 겁니다. 그렇게 생각하지 않습니까, 안나스 자작님?"

"퀑 분리주의자들 이야기로군. 이봐요, 가이사. 나를 콕 집어서 물으니 대답은 하겠는데 퀑 분리주의자들에 대해서는 전혀 신경 쓸 거 없다고 누누이 말했잖아. 그치들은 입만 살아서 욕할 대상만을 찾아다닐 뿐이지 제대로 된 정치적 공동체로 성장할 수는 없다고."

안나스 자작은 그 큰 얼굴의 커다란 입을 작게 오므리며 옷었다. 대외적으로는 큉 분리주의자로서 큉에 대한 차별적인 언동을 자행하는 안나스 자작이지만 실상 그의 정책들은 대부분 큉 분리주의자라고 하기 어려울 정도로 실리적이었다.

폰티아 의원도, 가이사도 안나스 자작이 평소 언론에 내보이는 모습은 그가 갖고 있는 수많은 가면 중 하나임을 알고 있었다. 안나스 자작의 상징이나 다름없는 그의 분노와 욕설은 폰티아 의원과는 다른 방향으로의 정치적 계산이 담긴 제스처였을 뿐이다.

"물론 가이사 말이 맞아. 그 시끄러운 떼쟁이들이 행성 시나고그에 공관을 설치해 감시를 하겠다는 정책에는 쌍수 들고 환영하겠지. 웃기는 일이야. 우리가 군대를 보낸다면 모를까 샌님 같은 공무원들을 건물 안에 가둬놓고 감시는 무슨 감시가 되겠다고."

"어휴, 행성 시나고그에 대해 감시도 감사도 다 해주셔야죠, 안나스 자작님."

"폰티아 의원. 이것 봐봐. 가이사 이 친구가 이렇게 능청맞다니까. 이래서 내가 이 친구를 사랑해. 감시는 쥐뿔이고 감사는 개뿔이야. 우리가 공관 만들어주고 자네들한테 이중장부 만드는 법을 실전용으로 강의해주고 오는 거지. 비리 전문학교를 세우러 가는 거라니까. 우리는 우리대로 해먹을 테니 자

95

네들은 자네들대로 해먹으라고."

"찬성하신다는 이야기로 알겠습니다."

얼핏 우호적인 대답으로 들리지만 그렇지만도 않다. 우리는 우리대로, 너네는 너네대로 해먹으라지만 그 해먹을 것들은 기본적으로 큉들이 행성 시나고그에서 뼈 빠지게 일하고 착취당한 세금이니 말이다.

하지만 어쨌든 둘의 확답을 들은 것만으로도 큰 수확이었다. 가이사는 이제 입을 다문 채 폰티아 의원과 안나스 자작이 실무에 대해 주도권 다툼을 하는 것을 지켜보았다. 이제 이 테이블에서 가이사가 할 수 있는 일은 가끔 그들이 물어보는 몇 가지 사안에 대해 추임새를 넣는 정도다. 행성 시나고그에는 행성 모압에서 주관하는, 평의회가 인가하고 귀족이 투자하는 공관이 들어설 테고 이 공관을 짓기 위해 그곳으로 노동력과 자본이 댐에서 방류한 물처럼 쏟아지게 될 것이다.

애초부터 긴장할 일이 아니었다. 가이사는 다니엘의 만류를 떠올리며, 세례자나 팀장들의 호들갑을 생각하며 웃었다. 결국 평의회고 귀족이고 바라는 것은 돈이다. 그리고 행성 시나고그는 돈이 된다. 행성 시나고그가 돈값을 못하게 될 때까지 가이사의 안전은 보장된 셈이다.

하지만 그런 만큼 가이사가 이제 할 수 있는 역할도 끝이 났다. 회의의 마지막 때 가야에게 부탁할 일이 있기는 해도 회의 도중에는 큰 지분이 남지 않았다.

애초에 8우주의 권력자들 앞에서 일개 큉이 할 수 있는 정치적 영향력이란 이렇게 그들에게 비리를 저지르는 찬스를 마련해주는 정도가 최선이다. 먹잇감을 자처해 식탁에 요리가 되어 오르는 것. 그것이 가이사가 큉으로서 살아남는 비결이었다.

잔칫상은 차려주었다. 그렇다면 이제는 행성 시나고그를 무대로 8우주 평의회와 귀족 간의, 누가누가 더 많이 뺏어 먹느냐의 이전투구만이 남아 있을 뿐이다. 가이사는 어떤 의미로는 여유로움마저 느끼며 행성 시나고그에 세워질 공관을 둘러싼 폰티아 의원과 안나스 자작 사이의 신경전을 바라볼 수 있었다. 물론 그렇다고는 해도 이 평화로움이 언제까지나 지속될 리는 없었다.

"아니, 일을 그렇게 하면 안 된다니까……. 의원님은 행성 개간에 뭘 남겨먹어야 하는지 일을 너무 모른다 진짜. 쉽시다. 일단 쉬자고. 어, 괜찮지?"

"괜찮습니다."

"좋아요. 이제 쉬겠네 좀. 아, 그러고 보니. 가이사."

"무슨 일이십니까, 자작님?"

안나스 자작이 다음 질문을 꺼내기 전까지의 이야기였다.

"고엘 정교회에서 왜 나한테 자네를 죽이라고 하지?"

10

　"고엘 정교회 측이 너무나도 집요해. 예전부터 나한테 자네를 죽이라고 암시를 주었는데 이제는 직접적으로 요구를 할 정도라니까."

　"글쎄요. 저도 잘 모르겠습니다."

　"아무런 이유가 없이 그러지는 않을 거 아니야. 걔들 너무 끈질기던데. 잘 생각해보라고."

　안나스 자작은 집요하게 가이사를 추궁했다. 아니, 추궁이라는 표현 정도로는 부족하다. 노골적인 살해 위협이다. 그 속내야 어찌 되었든 대외적으로 큉 분리주의자를 자처하는 안나스 자작에게 있어 고엘 정교회의 지지와 개척 행성 대표의 목숨을 저울질할 때 어느 쪽으로 그 눈금이 기울지는 너무나도 자명한 것이다.

그리고 이 자명한 상황을 대놓고 당사자의 앞에 털어놓는 이유 역시 자명하다. 저울의 눈금을 되돌리는 간단한 방법이 있기 때문이다. 저울에 돈을 얹는 것이 바로 그 방법이다. 고엘 정교회의 지지보다 가이사의 목숨을 택할 수 있을 만큼의 돈을 그 목숨 위에 얹으면 된다.

"안나스 자작님, 아무리 악덕의 상자 안이라고 하셔도 평의회 의원인 제 앞에서 살인 청부 사실을 밝히시다니요."

"아, 내가 진짜 그렇게 한다는 것도 아니고. 그냥 그런 이야기를 들었다는 거지."

"하지만 고엘 정교회의 이름까지 언급하시면서……."

폰티아 의원과 안나스 자작의 이 대화로 거래는 확정이 된 것이나 다름없게 되었다. 안나스 자작은 가이사에게 아직 거래의 가능성이 남아 있음을 노골적으로 암시했다. 어찌나 적나라한지 거래를 지켜보는 폰티아 의원이 민망해할 정도로.

폰티아 의원이 보기에 이 거래는 가이사의 큰 실책이었다. 순서가 완전히 잘못된 거래였다. 행성 시나고그의 상황이 낙관적이지 않음은 끝까지 비밀로 해야 했다. 안나스 자작이 먼저 고엘 정교회의 위협을 카드로 내밀면 그에 대한 대항책으로 행성 시나고그의 공관 카드를 꺼냈어야 했다.

하지만 가이사는 행성 시나고그의 운영 난항이라는 발등에 떨어진 불을 끄기 위해 너무나도 섣불리 공관이라는 카드를 꺼내고 말았다. 이제 가이사는 자신의 목숨을 구하기 위해 도대체 어떤 카드를 꺼낼 것인가? 그리고 그 카드는 평의회에 어떤 손익을 줄 것인가? 이 두 가지의 의문에 폰티아 의원은 골똘히 고민할 수밖에 없었다.

"고엘 정교회의 교리에 대한 다툼이 있었습니다. 안나스 자작님 같은 대장부에게는 지루한 이야기일, 속물 같은 먹물들의 이전투구지요."

"설명해봐."

가이사는 어떻게든 말을 돌리고 거래할 내용에 대해 이야기를 하고 싶어 했으나 안나스 자작의 관심은 여전했다. 결국 가이사는 머릿속으로 섬세히 단어를 고르며 안나스 자작에게 자신과 고엘 정교회 사이에 있었던 일들을 설명했다.

"아시다시피 게오르그 필터로 큉을 보았을 때는 검은 구멍이, 그리고 그 주변을 둘러싼 파문이 보이지요. 그리고 저는 이 공백을 일반적인 시선과는 달리 물리적 오류로 해석하지 않습니다. 목욕탕의 마개를 뽑으면 그 공백 사이로 물이 빨려 들어가지 않습니까? 그러나 우리는 그렇게 물이 배수구로 빠져나가는 것을 물리적 오류라고 부르지 않습니다. 마개가 꽂

혀 있을 때와 다른 물리적 현상이 일어나지만 말이죠. 큉은 그런 공백의 존재입니다. 그릇이 그 안이 텅 비어 있기에 무언가를 채울 수 있게 만들어진 것처럼 저희 큉들도 그 공백이 있기에 자유자재로 사상(事象)을 채워 넣을 수 있는 것입니다."

"알아. 자네가 이끄는 무리에 블랭크라는 이름을 덧붙인 이유도 그 때문이었다지."

"예. 그렇습니다. 하지만 고엘 정교회 측에서는 그 해석에 불만이 많은 것 같았습니다. 그분들에게는 물리법칙은 천주님이 세상을 가꾼 손길 그 자체였으니 저처럼 법칙에 공백이 존재하고 그 공백이 있기에 도리어 법칙이 유지된다는 상호관계로서의 해석을 용납하기 어려웠을 것입니다."

안나스 자작은 입을 다물고 조용히 가이사의 설명을 곱씹었다. 가이사의 답변은 설득력이 부족했지만 애초에 8우주의 강대한 세력 중 하나인 고엘 정교회에서 고작 개척 행성을 대표하는 인물의 목을 바란다는 것도 납득할 수 없는 일이었다.

하지만 안나스 자작 스스로가 가장 잘 알고 있는 것처럼 그를 납득시키기 위해 필요한 것은 논리가 아니라 돈이었다. 안나스 자작은 이 이상 추궁해봤자 가이사의 입에서 진실을 듣기는 어렵겠다는 결론을 내리고 본제로 돌아갔다.

"자네 말이 맞아. 내가 듣기에는 고루해. 하여튼 꽁생원들

꽁해가지고선. 하여튼 나는 자네도 좋고 고엘 정교회에도 친구들이 많단 말이지. 그러니 두 곳을 화해시키기 위해 중재를 해주고 싶다는 말이야."

"말씀 감사합니다."

"하지만 기왕 화해를 하려면 상징적인 곳에서 하면 좋지 않겠어?"

"상징적인 곳이라면……."

"행성 시나고그겠지. 그곳에 내 이름을 딴 성을 지어다 거기서 하면 어떨까?"

* * *

충격 발언이 연달아 이어진 뒤 폰티아 의원과 안나스 자작은 맹렬한 설전을 시작했다. 행성 시나고그에 안나스 자작의 이름을 딴 성을 짓겠다는 것은 행성 시나고그를 자신의 지배령으로 두겠다는 선언이었다.

방금까지 이 회담의 주제였던 행성 시나고그의 공관 설립은 어디까지나 행성 모압과 평의회의 주도 아래에서 안나스 자작의 인가와 투자를 받아 감사기관을 세운다는 공통의 목적이 있었다. 그리고 이 방법에서는 평의회와 안나스 자작 그리고 행성 시나고그의 블랭크들 모두가 이득을 보는 관계를 맺을 수 있었다.

하지만 행성 시나고그 혹은 그 일부를 안나스 자작의 영토로 두겠다는 선포는 완전히 별개의 의미를 가진다. 이래서는 평의회가 행성 시나고그에 공관을 설치할 자격이 사라질뿐더러 개척 행성에서 얻을 이익으로부터도 배제된다. 안나스 자작은 가이사의 목숨을 담보로 행성 시나고그에서 평의회의 영향력을 말소하기를 흥정하고 있는 것이다.

"가이사, 당신은 8우주 큉들의 인권을 대변하는 인물이지 않습니까? 행성 시나고그는 그들의 삶을 지켜줄 최저한의 둥지이자 요람이 될 거라고 주장하지 않았습니까? 큉만의 자치 행성으로 가는 길은 험난하겠지만 행성 모압의 부속 행성으로 남아 있을 때와 귀족의 영토로 남아 있을 때 어느 쪽이 더 독립하기 어렵겠습니까?"

"의원님. 의원님은 그래서 지금 가이사더러 큉들의 인권을 위해 죽으라고 하는 거잖아. 평의회 의원님께서 그런 말씀을 하셔도 되겠어요?"

"행성 시나고그를 바치지 않으면 죽이겠다고 협박을 하는 사람은 자작님이시지 않습니까."

가이사는 두 사람의 격론을 웃으며 바라보았다. 분명 화제에 오른 것은 가이사의 목숨임에도 정작 당사자는 태평하게 실실거릴 뿐이었다. 하지만 딱히 그가 신중하고 엄숙한 태도를 갖춘다고 해서 이 회의의 내용을 바꿀 수 있는 것도 아니었다.

그래도 이전까지와는 달리 폰티아 의원이나 안나스 자작 모두 가이사의 대답만을 기다리고 있었다. 어떻게 보면 가이사는 이들과 엮이면서 처음으로 선택권을 갖게 된 것일지도 모른다. 그 선택이 자신의 목숨과 자신의 이상 둘 중 하나를 고르는 것이기는 했지만 말이다.

"가이사. 저는 평의회 의원으로서 행성 모압의 이득을 가장 먼저로 여기는 사람입니다. 하지만 가이사 당신이 이제까지 큉들을 대변하며 이뤄놓은 위업에 감탄하고 있기도 합니다. 우리 행성 모압과 행성 시나고그가 협력하면 양측에 이득을 가져다주리라고 믿습니다. 블랭크가 그 순수성을 유지하기 위해서는 평의회의 손을 놓아서는 안 됩니다."

"나는 의원님이랑은 달라. 자네를 좋아하지만 감탄하지도 믿지도 않지. 그저 어느 쪽이 더 돈이 되느냐가 내 관심사야. 하지만 행성 시나고그든 고엘 정교회든 다 돈이 되거든. 자네는 어떤가? 목숨인가, 꿈인가? 내가 정한 대로 행성 시나고그에 내 이름을 딴 성이 세워지면 꿈은 잃어도 목숨은 건지는 게야. 자세한 일들은 내가 다 정해줄 테니까 걱정하지 말고."

"어쩌면 이렇게 되는 것인지⋯⋯."

가이사는 양손에 얼굴을 파묻었다. 일이 굴러가는 상황에 어처구니가 없는 모양이었다. 그를 뒤에서 경호하던 가야조차도 고개를 뒤로 돌리고 말았다. 그리고 그가 고개 숙인 모습에 평의회의 의원은 개혁가가 해야만 할 선택의 무게에 대한 안쓰러움과 자신이 잃을 지분에 분노를 느꼈고 행성의 귀족은 경솔한 젊은이가 내릴 결정에 대한 흥미진진함과 자신이 이 상황을 조종하고 있다는 지배감에 즐거움을 느꼈다.

테이블의 대화는 잠시 중지되었다. 누군가는 한숨을, 누군가는 미소를 지었다. 그리고 남은 누군가는 어떻게 말을 꺼내야 할지를 가늠하며 입을 굳게 다물 뿐이었다.

"정해진 대로⋯⋯ 정해진 대로 하겠습니다."

"아하, 목숨을 골랐나. 좋은 선택이야. 아무렴. 세상에 내 목숨만큼 소중한 게 어디 있겠어?"

기나긴 긴장이 끝나자 테이블에 앉은 세 사람은 모두 웃었다. 안나스 자작은 마음먹은 대로 일이 진행됨에 득의양양하게 웃었고 폰티아 의원은 사상가의 변절을 비웃었다. 가이사는 방금 입에 담았던 말을 다시 한번 되풀이했다.

"정했던 대로. 정해진 대로 해요. 가야."

"알겠습니다, 스승님."

낭랑한 목소리가 콴의 냉장고 안을 메운 그 즉시 약간의 파열음과 함께 폰티아 의원과 안나스 자작의 경호원들 그리고 안나스 자작의 복부에 커다란 구멍이 생겼다.

"으악, 으아아악!"

갑작스레 터져 나온 피의 홍수에 폰티아 의원은 비명을 지르며 자리에서 일어났다. 반면 가이사는 방금까지 양손으로 가려야만 했던 그 미소를 이제는 대놓고 내보이며 큰 소리로 웃었다.

"어쩌면 이렇게 되는 것인지 내가 어이가 다 없다, 정말. 가야. 내가 이럴 거라고 했죠? 근데 이렇게까지 내가 이럴 거라고 한 대로 되다니 나도 웃겨."

"이게 무슨……."

"폰티아 의원님. 제가 자작님이나 의원님을 죽이려고 냉장고를 회담의 장소로 잡았다고는 생각하지 못하셨어요? 그야 저도 안나스 자작님이 내가 안나스 자작님을 죽여도 될 핑계를 이렇게 갖다 바치리라고는 상상하지 못했지만요. 안나스 자작님도 상상하지 못하셨을 거예요. 그렇죠, 자작님? 이제 죽어서 대답을 못 하겠지만 동의하실 거라고 믿어요."

11

"사람, 사, 사람 살려!"

하얀 문이 열리자 그 안에서 붉게 물든 사람 넷이 나왔다. 정확히 말하자면 사람 셋과 시체 하나. 시체를 짊어진 남성은 겁에 질린 얼굴로 주변을 향해 고래고래 소리를 질렀다. 그리고 그 역시 등에 매달아놓은 시체와 마찬가지로 상처투성이인지라 언제라도 쓰러질 것같이 위태로워 보였다.

"나왔으니, 응급차를…… 어서…….."

"알겠습니다."

시체를 짊어진 남성은 그만 말을 마치지 못하고 혼절하고 말았지만 뒤에 있던 젊은 여성은 지체 없이 병원에 구급 요청을 보냈다. 그리고 문에서 맨 마지막으로 나왔던, 키가 크고

깡마른 스킨헤드의 여성은 지친 표정으로 그 둘을 바라보고
만 있었다.

이내 카메라의 플래시 세례가 쏟아졌다. 콴의 냉장고 앞에
서 대기하고 있던 파파라치들이다. 스킨헤드의 여성, 그러니
까 폰티아 의원은 특종거리에 신이 나 달려오는 기자들을 바
라보며 콴에게 냉장고의 위치를 옮기고 누구에게도 알리지
말자고 제안을 해야겠다고 생각했다.

시체를 짊어진 남자. 가이사는 혼절했다. 그리고 그의 경호
원이자 암살자인 가야는 병원에 연락을 하느라 정신이 없었
다. 그렇다면 몰려드는 기자들을 상대하는 것은 폰티아 의원
의 몫이다. 폰티아 의원은 가이사가 이미 설정한 역할 분담에
감탄마저 들었다.

"폰티아 의원님! 무슨 일입니까?"

"몸은 괜찮으신가요?"

"안나스 자작님은 어떻게 되신 건가요?"

폰티아 의원은 자신이 능숙하게 대답을 하면 어쩌나 걱정
이 들었다. 평소와는 달리 기자들 앞에서 긴장한 모습을 보여
야만 했다. 똑똑히 들리는 발음도 온전한 문장 구성도 품위 있
는 손놀림도 모두 잊어버리고 당황한 피해자의 모습을 연기
해야만 했다.

"모르겠습니다. 저도, 저도 잘 모르겠습니다. 냉장고 안에서…… 괴한들이…….."

"여러분은 콴의 냉장고 안에서 무슨 이야기를 나누고 계셨습니까?"

"그건…… 말씀드릴 수가…… 제가…….."

폰티아 의원은 차라리 자신도 기절한 척을 하면 편할 것을, 하고 생각하며 쓰러져 있는 가이사의 뒤통수를 잠깐 노려보았다. 도대체 저 간사한 뱀 같은 퀑 때문에 이게 무슨 난리인지. 하지만 약속한 것은 약속한 것이기에 폰티아 의원은 온 정신을 집중해 온 정신을 집중할 수 없는 사람을 연기했다.

"괴상한 문신의…… 괴한들이…… 저희를 습격해서……세상에, 안나스 자작님을…… 저희가…….."

폰티아 의원은 뒤를 살짝 돌아보았다. 그 시선의 끝에는 한창 병원 응급실과 통화를 하고 있는 가야가 있었다. 가야는 그곳에 있던 어떤 기자들도 눈치채지 못할 아주 짧은 순간 동안 폰티아 의원과 눈을 맞추고는 살짝 고개를 끄덕여 거래가 성사되었음을 알려주었다.

폰티아 의원으로서는 그저 감탄만 할 뿐이다. 의원이 보기에 가야라는 퀑은 나이도 어린 것 같았지만 이런 긴박한 상황을 잘도 연출하고 있었으며 가이사는 이제까지 자신의 평가를 전면 재수정하지 않으면 안 될 정도로 위험한 사상가였다. 하지만 이런 탄식도 잠시, 폰티아 의원은 30분 전부터 있었던 일들을 되돌아보며 기자들에게 알려야 할 정보와 알리지 말아야 할 정보들을 되새겼다.

* * *

"의원님, 다치신 곳은 없으시고요? 놀라진 않으셨습니까?"

30분 전, 즉 가이사가 가야에게 명령해 안나스 자작과 경호원들을 해치운 다음의 일이다. 가이사는 여느 때와 다름없는 성인군자의 미소로 죽음의 공포로 질겁하고 있는 폰티아 의원을 진정시키려 했다.

냉장고 밖으로 나온 지금의 폰티아 의원은 가이사의 그 미소가 자신을 진정시키려는 것이 아니라 조롱하는 것일지도 모른다고 여겼지만 그때 가이사는 정말로 흥분한 폰티아가 우발적인 행동을 하지 않게 하려고 웃어 보였을 뿐이었다.

"폰티아 의원님. 이미 보셔서 아시겠지만 제가 가야를 시켜 안나스 자작을 죽인 것은 어디까지나 정당방위였습니다. 아주 노골적인 살해 위협이지 않았나요? 그뿐입니까. 안나스 자작은 제 목숨을 대가로 행성 시나고그의 큉들과 행성 모압의 시민들이 마땅히 가져야 할 권리와 재산을 갈취하려고 했습니다. 동의하시지요?"

폰티아 의원은 조용히 고개를 끄덕였었다. 어쩔 수 없는 일이었다. 호의적으로 보면 가이사가 한 말이 틀린 것도 아니었다. 이미 일이 이렇게 되리라는 것을 알고 폰티아 의원과 안나스 자작을 함정으로 끌어들였다는 인과를 의도적으로 지우긴 했지만, 사실관계가 잘못된 부분은 없었다.

"행성 시나고그에 필요한 공관은 어디까지나 행성 모압에서 감사를 목적으로 세우는 공관이니까요. 많은 도움을 주실 수 있었던 안나스 자작이 이제 없긴 하지만 잘 부탁드려요."

"공관은…… 무리가 아니겠습니까? 투자를 약속하신 안나스 자작님이 돌아가셨는데 어디서 돈을 모을 수 있겠습니까?"

"아, 당분간 돈은 걱정하지 않으셔도 됩니다. 그러잖아도 오늘 오기 전에 안나스 자작 관련 주식들에 장난을 쳐놓았거든요. 사망 소식이 발표되면 제 비자금 통장이 두둑해지겠죠."

가이사는 훨씬 전부터 이 상황을 준비했음을 고백했지만 그 태도는 담담했다. 어찌 보면 자랑하는 것처럼 들리기도 했다.

"그 통장에 든 돈으로 당장의 급한 불은 끌 수 있을 거예요. 장기적으로 뭐 안나스 자작의 뒤를 이으려는 야심가들이야 행성 모압에 넘칠 정도로 많으니 그중에 누구 하나 건지면 되겠지요. 무엇보다 안나스 자작만큼 자본이 많지는 않은 투자자라면 행성 시나고그를 수많은 투자처의 하나로만 보던 자작과는 달리 전 재산처럼 아끼고 사랑해줄 테니까요."

"왜…… 왜 안나스 자작님을? 고엘 정교회 때문입니까?"

"설마요. 안나스 자작은 장기적으로 봤을 때 적절한 파트너가 아니었을 뿐이에요."

가이사는 이제 자리에서 일어나 폰티아 의원의 뒤에 섰다. 그러고는 폰티아 의원의 가는 어깨를 양손으로 천천히 주무르기 시작했다. 아슬아슬하게 살을 스치며 그 손끝이 언제라도 목덜미를 향할 수 있음을 암시하는 동작이었다. 노골적인 모욕이자 조롱이었고 무엇보다도 위협이었다.

"이제 안나스 자작이 남길 자산을 관리할 사람이 필요한데…… 저는 저를 높이 평가하시면서 또 공정하기로 명망이 높은 폰티아 의원님 같은 분이 그 자리를 맡아주면 좋겠다는 생각이 드는군요."

* * *

"안나스 자작님이…… 고엘 정교회에서 가이사를 죽이라고 했다면서 죽이지 않고 봐줄 테니 상납금을 바치라고 했습니다. 가이사가 거래에 응하자…… 문신을 한 괴한들이 회담 테이블을 습격해서…….”

폰티아 의원과 안나스 자작 그리고 가이사 셋의 비밀회담 이라는 스캔들을 잡기 위해 모인 기자들은 8우주 전체를 뒤흔들 특종을 마주한 것에 흥분해 의원이 하는 말에 집중했다.

하지만 그들이 이 대사건을 앞두고 흥분한 것만큼이나 신중해질 수밖에 없는 요소가 하나 있었다. 이 사건이 일어난 곳은 어디까지나 콴의 냉장고 안이었다. 조사를 위해 퀑이 기억을 읽을 수가 없었다. 그런 곳에서 일어난 테러라는 것은 아무래도 의혹이 생길 수밖에 없었다.

“의원님의 말씀은 다 사실입니다. 녹음기에 다 녹음이 되어 있습니다. 전기로 움직이는 것이 아닌 소리의 파형을 그대로 녹음하는 아날로그 방식의 녹음기이니 프로그램에 의한 조작의 여지도 없습니다.”

이 의문을 깨는 한마디의 주인공은 막 응급실과의 연락을 마친 가야였다. 가야는 이제 자신에게 맡기라는 듯 폰티아 의원과 기자들 사이를 가로막으며 품속에서 녹음기를 하나 꺼냈다. 결정타였다.

12

"그래서 고엘 정교회와는 도대체 무슨 일이 있었던 것입니까?"

"별일 아니었다니까요."

"저는 안나스 자작님이 어떻게 죽었는지를 저의 두 눈으로 목격하고도 위증했습니다. 그것도 고엘 정교회를 적으로 돌릴 수 있는 형태였습니다. 무슨 일이 어떻게 일어났는지를 알지 않고서는 일을 진행할 수 없습니다."

다음 날 저녁, 가이사와 폰티아 의원은 다시 한번 콴의 냉장고에서 회담을 가졌다. 대외적으로는 조사관들에게 범행 현장에 대하여 현장 검증을 하기 위해 콴의 냉장고로 들어갔다고 밝혔지만 이를 진지하게 믿는 사람도 없었다.

폰티아 의원은 전날과 마찬가지로 준비된 테이블에 앉자마자 상황에 대한 설명을 재차 요구했다. 하지만 가이사는 안나스 자작에게 그러했던 것과 마찬가지로 핵심을 피하며 말을 돌릴 뿐이었다.

"하지만 일을 진행하실 수밖에 없는 것도 사실이죠. 고엘 정교회라는 단어와 이미 문신을 한 괴한이라는 단어를 동시에 말하는 것으로 고엘 정교회를 대상으로 한 도박에 참가하신 겁니다."

"설명해주실 생각이 끝까지 없으십니까? 좋습니다. 그러면 앞으로의 이야기라도 하겠습니다. 어제 잔뜩 질러버린 덕분에 곳곳에서 소요가 일어나고 있습니다. 퀑 분리주의자인 안나스 자작과 행성 시나고그의 블랭크 대표인 당신 사이에 모종의 거래가 있었다는 의혹. 고엘 정교회로부터 비롯된 것으로 보이는 암살의 시도. 모든 요소들이 폭동의 기폭제로 쓰이고 있습니다."

"기대했던 대로군요."

가이사는 쏘아붙이듯이 지적하는 폰티아 의원과는 대조적으로 설렁설렁한 대답을 반복할 뿐이었다. 그리고 이 태도는 예상치도 못한 암살 사건에 휘말려 위증에 조작을 반복한 폰티아 의원의 짜증을 키웠다.

"안나스 자작이 퀑 분리주의자라고 불리긴 하지만 결국 그 분리주의는 차별주의의 다른 이름일 뿐이죠. 퀑들이 그걸 모르겠습니까? 이제 8우주 전역의 퀑들은 퀑 차별주의자가 퀑들의 인권을 대변해온 저를 죽이려고 했다는 것에, 또 종교가 개입되었다는 것에 분노하리라는 것은 당연한 일입니다."

"하지만 왜 저한테 당신이 안나스 자작님이 제안한 거래를 받아들였다고 증언하길 요구하신 겁니까? 그래서는 분노한 퀑들이 당신에게 실망해서 당신의 지지자들이 줄어들 일이지 않습니까."

"세상에나. 폰티아 자작님, 공무는 잘하시는데 정치는 조금 부족하십니다."

가이사가 어깨를 들썩이며 키득거리자 폰티아 의원의 낯빛이 어두워졌다. 이제까지 8우주의 성인군자 행세를 해온 이 인물이 이렇게까지 천박하고 경솔한 언행을 일삼을 줄은 상상도 못 했기 때문이다.

이곳은 콴의 냉장고. 다시 말해 악덕의 상자. 그리고 가이사야말로 이 상자에 가장 잘 어울리는 인물일 것이라고, 폰티아 의원은 속으로 욕을 내뱉었다.

"안나스 자작의 죽음을 설명하기 위해서는 살인자가 필요해요. 그렇다면 누가 그 살인자 역을 맡을 것인가? 여기서 가

117

장 좋은 건 고엘 정교회죠. 하지만 고엘 정교회가 한패나 다름 없던 안나스 자작을 죽이기 위한 동기를 설명할 필요가 있었어요."

"그게 당신과 안나스 자작님 사이의 거래였다는 것입니까?"

"맞아요. 동시에 제가 안나스 자작님과 손을 잡았다는 것만으로도 귀족 가문들의 분노는 고엘 정교회에게만 쏟아지겠죠. 저는 이 무대에서 갑도 을도 아닌 병이나 정의 위치에 있게 되니까."

들뜬 채로 앞으로의 계획에 대해 주절거리는 가이사의 모습은 숫제 자신이 만든 장난감을 어른에게 자랑하며 내보이는 어린아이의 모습과 다를 바 없었다. 폰티아 의원은 그런 가이사를 보기 민망해하면서도 이런 철부지한테 휘둘리게 된 스스로에게 더욱 분노했다.

"그 결과 제가 쾽들의 구심점이 되지 못한다면 저에게는 최고의 결과겠지요."

"최고의 결과? 당신이 이제까지 해온 업적들은 모두 8우주 쾽들을 한곳에 모으고 그들의 권리 신장을 위한 것들이지 않았습니까? 쾽들만의 자치 행성이라는 목표도 거짓이었습니까?"

"실례. 제가 말을 잘못했군요. 제가 과격파 쾽들의 구심점이 되지 못한다면 그것이야말로 저에게는 최고의 결과라는 것입니다. 아시겠지만 저는 평화주의자입니다. 그러니 저와 블랭크들을 무법 세력으로 만들 수는 없어요."

"그렇게 주장하면서 큉에 의한 폭동으로 8우주를 채우려 한다면 모순 아닙니까?"

"모순이라니요. 과격파 큉들이 늘어나고 그들이 저를 배척하면, 저는 자연스레 평의회나 귀족에게 친화적인 큉들의 대표로 부상하게 될 텐데요."

폰티아 의원은 더 이상 이 대화를 지속하고 싶지 않았다. 가이사의 눈은 꿈을 이룬 소년의 그것과도 같았다. 그는 성숙한 시민으로서의 관계를 유지하기에 적합한 사람이 아니었다.

"무법자처럼 구는 큉들에게 질린 귀족들은 곧 저를 찾겠지요. 더욱이 저는 곧 안나스 자작에게 제 꿈이나 다름없는 행성의 자치권마저 팔아치울 수 있는 사람으로 여겨질 테니, 저와 거래하는 것은 어렵지 않다고들 여길 거예요."

"그렇다면……."

"행성 시나고그가 큉들의 자치 행성으로 자립하는 데 큰 지원도 받을 수 있겠지요."

* * *

"들여보내주시면 안 되겠어요?"

"시메온. 당신이 저희에게 해준 일이 크다는 것을 알고 있고 감사히 여기지만 이번만큼은 어렵겠어요. 아무래도 암살 사건의 직후니까요. 스승님이 외부적으로는 평정을 유지하고 계신 것처럼 보이지만 사실 이번 사건으로 받은 충격이 크십니다."

"가야. 저는 오늘 기자로서가 아니라 가이사의 친구로서 왔다고 여겨주세요. 저는 가야의 친구이기도 하잖아요. 그래도 어렵겠어요?"

"스승님은 어제 그 난리를 겪으신 뒤에 조사 기관에 끌려가 사정 청취까지 요구받았어요. 많이 피곤해하세요."

행성 모압의 모 병원 복도에서 시메온과 가야는 실랑이를 벌이고 있었다. 시메온은 모압 위켄드에서 퀑과 블랭크들에게 지속적으로 우호적인 시선의 기사를 작성했던 기자였다. 그리고 이 기자는 콴의 냉장고에서 있었던 사건을 현장에서 포착하지 못한 것에 지대한 안타까움을 느끼고 있었다.

이 유능한 기자가 그렇게나 큰 사건을 놓치게 된 데에는 아마 카퍼나 다니엘에게 붙잡힌 탓이 컸을 것이다. 가야는 시메온을 저 둘에게 소개했던 장본인으로서 약간의 죄책감을 느끼고 있었다.

"가야. 그럼 이것만이라도 가르쳐주세요. 가이사가 많이 다치지는 않았나요? 괜찮은 것이지요?"

"스승님은 이제는 안정을 취하시고 계세요. 암살자들에게 습격을 받았을 때 내장을 조금 다치긴 했지만 응급실에 급히 오셔서 다행이었지요. 안나스 자작님은 즉사하셨기에 어쩔 수 없었습니다만……."

전날 콴의 냉장고를 나오기 전 가야는 폰티아 의원과 가이사에게 일상생활을 누리는 데 불편하지는 않을 정도로 피를 흘리게 상처를 만들어주었다. 폰티아 의원과 가이사가 짜고서 안나스 자작을 죽였다는 의심을 피하기 위해서였다.

시메온의 안절부절못하는 모습을 보자 그 죄책감은 더욱 커져만 갔다. 시메온도 그렇고 다니엘도 그렇고. 어쩌면 이 착한 사람들은 어떻게 그렇게 의심할 줄을 모르는지. 이 모든 음모의 주인이 그들이 피해자로 여기는 가이사라는 것을 알면 어떻게 받아들일까 가야는 두렵기도 했다.

"다행이군요……. 하지만 가야, 지금 상황은 너무나도 위험해요. 기자들 사이에는 여기에 고엘 정교회가 연루되었다는 소문이 파다합니다. 문신을 한 광신도들이라면 고엘 정교회의 이단들이 떠오르니까요. 앞으로도 가이사가 그 광신도들의 타깃이 되면 어쩌나 다들 걱정이 커요."

"벌써 거기까지……."

가야가 무심코 던진 한마디에 시메온의 눈빛이 바뀌었다. 벌써 거기까지라. 그렇다면 가야나 가이사 역시 이 일에 고엘 정교회가 연루되었다고 본다는 증언이나 다름없는 한마디가 아닌가.

기자로서의 본능이라는 화약고에 불씨를 던진 가야는 시메온이 가이사에서 자기 자신으로 타깃을 옮겼음을 알아차렸다. 하지만 이 솜씨 없는 사수는 다시 표적을 제대로 겨냥하지 못하고 말았다.

"가야. 밖에 누가 있나요?"

"스승님. 시메온 기자님이 찾아왔습니다."

"귀한 손님이시군. 나는 괜찮으니 들어오시라고 해주세요."

병실 안으로부터 가이사의 목소리가 들려왔기 때문이다. 시메온은 가야에게 미소를 지어 보이고는 득달같이 병실 안으로 들어갔다. 꿩 대신 닭이라도 찾아야 하나 싶은 순간 다시 꿩의 울음소리를 들었으니 기쁘지 않을 수 없었을 것이다.

'벌써 거기까지'라는 한마디와 가이사가 끼어든 일련의 과정이 블랭크 측에서 자의적으로 정보를 흘린 것이 아니라 시메온이 기자로서 냉철한 기지를 발휘해 성과를 얻은 것으로 포장하기 위해 설계되었음은 두말할 것도 없다. 가야는 어울리지도 않는 연기를 한 것에 피로해진 나머지 잠시 두 눈을 감고 고개를 저었다.

가야가 보기에 가이사는 능구렁이 한 마리나 다름없었다. 카퍼만큼이나 속이 검거나 그 이상인 인물이었다. 그러니 시메온 같은 추종자나 다니엘 같은 세례자들이 가이사를 순수한 몽상가이자 소년다운 열기로 가득 찬 사람으로 대할 때마다 어처구니가 없었다.

다니엘은 이번 원정 전부터 내내 콴의 냉장고를 회담 장소로 삼는 것은 암살의 위험이 크다고 경고했다. 어찌 보면 맞는 말이다. 실제로 암살이 일어났으니까. 다만 그 암살의 주체가 가이사였을 뿐. 이 모든 경과를 미리 알고 있던 가야로서는 다니엘의 경고가 짜증 나는 새벽 알람이나 다름없었다.

가야는 다니엘을 어떻게 대해야 하나 걱정이 앞섰다. 이대로라면 다니엘은 사건의 전말을 모르기에 이 사건을 자신이 했던 경고가 현실로 되었다며 가야를 타박할 것이었다. 가야로서는 벌써부터 다니엘이 따지고 드는 목소리가 들리는 것 같았다.

"가야. 잠깐 나 좀 보자."

그래. 이렇게.

"내 말 듣고 있어?"

"응? 아, 다니엘."

"콴의 냉장고에서 있었던 일에 대해 설명해."

방금 들린 목소리는 진짜로 가야에게 따지려고 찾아온 다니엘의 목소리였다. 가야는 도대체 어떻게 설명해야 가이사에게 홀딱 빠진 이 순진무구한 세례자가 스승을 향한 그의 환상을 유지하면서도 자신을 덜 귀찮게 굴게 할 수 있을지 고민하며 말을 골랐다.

하지만 상황은 그렇게 간단하지 않았다.

"어째서 가이사와 네가 안나스 자작을 죽였는지 설명해보라고."

"너…… 혹시?"

"그래. 있었다. 그때. 콴의 냉장고에."

13

"그때 그곳에서 있었던 일. 도대체 뭐였는지 설명해."

"봤어?"

"봤다."

가야는 주변을 살피려다 관두었다. 다니엘도 이 일의 경중을 모르고서 덤벼든 것은 아니다. 아마 주변에 누가 있고 없고는 파악하고서 말을 꺼냈으리라 짐작했다. 무엇보다 다니엘이 암살자답지 않게 신경을 한껏 곤두세운 채로 살기등등하게 서 있는 모습이 그 증거였다.

다니엘은 성실한 남자다. 그가 이렇게 마음껏 화를 낸다면 그것은 화를 내도 문제가 되지 않는 상황임을 알기 때문이다. 좀 이상한 형태이기는 하지만 가야는 다니엘의 이런 점을 신용하고 있었다.

"만약의 경우 가이사를 보호하기 위해서 콴의 냉장고 안에 들어가 있었다."

"하긴. 너라면 사물 큥 안에 숨어드는 정도야 어려운 일은 아니었겠지. 하지만 이렇게나 감쪽같이 속았을 줄이야. 아니면 저번 세례에서 어떤 능력이라도 발현했나? 그랬다면 축하해."

"내 능력은 네가 상관할 일이 아니야."

가야라고 다니엘이 신경질을 부리는 이유를 모르는 것이 아니다. 다니엘은 자신의 지위를 걸고 가이사에게 안나스 자작이나 제삼자가 저지를 암살 위험을 경고했으며 혹시나 일이 벌어지면 자기 목숨을 바쳐서라도 가이사를 지키려 했지만, 정작 그가 보게 된 광경은 가이사의 명령으로 안나스 자작의 목숨을 앗아가는 가야의 모습이었다.

그에게는 우상이나 다름없었던 가이사가 8우주의 귀족을 암살하고, 더욱이 그 계획을 다니엘을 포함한 대부분의 간부에게 비밀로 했다. 배신감을, 실망감을 느끼지 않을 수가 없다.

가야는 나름대로 지금 상황이 되기 전에 경고의 신호를 보냈다. 처음부터 다니엘에게 그의 걱정이 무의미함을 주지시켰으며 가이사에게는 나름의 계획이 있음 또한 작전 수행에 방해가 되지 않는 선에서 암시했다. 그러나 이 신호가 화를 가라앉히리라는 보장도 없었다.

"애초에 네가 아무런 긴장도 하지 않았던 이유도 이것 때문이었겠군. 내 경고대로 콴의 냉장고는 함정이었지만 그 함정을 만든 사람은 가이사였으니까."

"맞아."

"멍청하기는……."

"멍청하다니, 네 이야기를 하는 거야? 열성적인 신봉자인 너에게는 안된 일이지만 가이사는 원래부터 그런 사람이었어. 네 멋대로 기대하는 것은 그렇다고 쳐도 네 멋대로 실망마저 하지는 마. 꼴사나우니까."

다니엘의 턱관절이 미세하게 경련하고 있다. 당장이라도 폭발할 듯하면서도 간신히 억누르는 모습이다. 이 인내심은 아마 가이사의 병실에 시메온이 들어갔음을 경계하고 있기에 발휘되는 것이겠다.

"내 이야기는 그만두고 냉장고 안에서 무슨 일이 있었는지 정확히 말해."

"그곳에 있었다면서?"

"너를 피해 숨어 있느라 이야기까지 듣지는 못했어."

"별일 없었어. 안나스 자작은 고엘 정교회에서 스승님을 죽여달라고 부탁을 했다면서 그 빌미로 목숨을 살려줄 테니 자기 지분을 확장해달라고 요구했어. 행성 시나고그를 통째로 집어삼키려고 했지. 다행히 스승님은 애초에 안나스 자작을 신뢰하지 않았기에 진즉 그자를 해치우기로 준비를 했었고."

"덜떨어진 사람처럼 굴지 마. 지금 중요한 건 그게 아니라고."

"알아. 배신처럼 느껴지겠지. 너한테마저 비밀로 했으니까. 하지만 스승님이 원해서 너에게 비밀로 한 것은 아니야. 내가 그러자고 제안했어. 너를 의심하는 것은 아니지만 너는 스승님에 대한 믿음이 컸잖아. 스승님은 좋은 사람이라고. 평화를 원한다고. 큉을 중심으로 인류가 화합할 수 있다고. 그 믿음이 깨지는 모습을 보고 싶지 않았어. 최소한, 이번처럼 본격적으로 고엘 정교회와 갈등이 생길 상황에서 너를 잃어서는 안 된다고 생각했어."

"가야……."

"하지만 이제는 네가 어떤 결정을 내리든 이해하겠어. 네가 가이사의 철학을 따르든. 가이사의 선택을 따르든."

가야는 이마에 왼손을 대고는 고개를 떨구었다. 이 상황은 어디까지나 가야의 실책이었다. 다니엘이 쾬의 냉장고 안에 들어올 수 있음을 이미 알았고 그의 걱정이 여간 큰 것이 아님도 알았다. 회담에 숨어들지 못하도록 다른 임무를 주거나 카퍼 곁을 떠나지 못하게 하거나 어떤 방향으로든 사전에 조치를 해놓았어야 했다.

하지만 이제는 되돌릴 수도 없는 일이다. 가야는 다니엘이 조용히 블랭크에서 나가기만 해도 다행이라고 생각했다. 최악의 경우로는 안나스 자작 암살 사건의 진상을 폭로하는 상황을 떠올렸다. 만약 다니엘이 그런 의사를 보인다면 물리적으로 제압을 해야 하지만 가야로서는 별로 상상하고 싶지 않은 시나리오였다. 다니엘과 싸우기 위해서는 상당한 각오가 필요하니까.

가야가 다니엘이 어떤 선택을 하든 이해하겠다고 말한 것은 어떤 의미로는 함정을 판 것이었다. 실제로 단체에 해가 되는 선택을 한다면 가야는 간부로서 해야만 할 일을 할 수밖에 없으니까. 하지만 단순히 미끼로 꺼낸 말은 아니었다. 다니엘이 어떻게 행동할지를 모르는 사람도 아니니, 가야가 이렇게 노골적으로 수를 하나 꺼내어 보인 것은 제발 그러지 말아달라는 일종의 어리광이나 마찬가지였다.

"나를 몹시도 얕봤군."

"다니엘⋯⋯."

"이제 시카리를 휘두를 거다."

다니엘은 질린 얼굴로 이를 갈았다. 그러고는 주머니에서 자그마한 동전을 하나 꺼내 가야에게 건넸다. 가야는 깜짝 놀란 눈으로 다니엘을 바라보았지만 그 표정에 변함은 없었다.

"이것은……."

"그래. 가이사가 언젠가 행성 시나고그가 큉들의 자치 행성이 될 때를 대비한 기념주화의 시험작이라며 제자들에게 나누어주었던 그 동전이다."

"아니, 스승님이 주셨다면 왜?"

"나는 내 믿음을 선택한다. 그러니 이건 더 이상 나의 것이 아니야. 이별이다. 가야."

* * *

"그래서, 이 동전을 주고 갔다고요?"

"네. 하지만……."

다니엘이 떠난 뒤 얼마 지나지 않아 시메온도 병실에서 나와 신문사로 돌아갔다. 아마 더 이상 손님이 없으리라 생각한 가이사는 이제 병실에 누워 잠들 준비를 마쳤고 가야는 호위를 교대하기 전 다니엘에 대한 보고를 할 겸 방에 들어온 참이었다.

가이사는 병실 침대에 기대앉은 채로 가야에게 동전을 건네받았다. 가이사는 씁쓸한 웃음을 짓고는 동전을 손가락으로 이리저리 굴리며 장난을 쳤다. 가야는 천천히 손을 들고 조심스레 가이사의 머리를 쓰다듬었다.

가야의 부드러운 손놀림에 가이사는 두 눈을 감고 잠시 생각에 잠겼다. 이 상황에 다니엘이 블랭크를, 가이사를 떠난다는 것은 전혀 상정하지 못한 일이었다. 그렇잖아도 쉽지 않은 흥정을 하느라 지쳤던 가이사는 잠들기 전에도 오래도록 이런저런 계산을 하느라 쉽게 잠들지를 못했다.

"어떻게 생각하시나요, 스승님. 다니엘이 배신을 할까요?"

"글쎄요…….."

가이사는 조용히 웃으며 다니엘이 마지막으로 건넨 동전을 바라보았다.

"어지간해서는 그렇게까지 앙큼한 짓을 할 사람은 아니니까요. 본인의 믿음을 따르겠지요."

14

다니엘은 어두운 통로를 거침없이 걷고 있었다. 그가 있는 이 행성은 8우주 평의회에 등록된 행성이 아니다. 이 행성을 알고 있는 사람들은 이곳을 그저 '밤이 긴 별'이라고만 부른다. 이름을 붙이기에는 비밀스럽고 조심스러운 일이 많은 곳이기 때문이다.

밤이 긴 별이라는 이름과 다르게 행성의 공전주기와 자전주기가 크게 어긋나는 곳은 아니다. 다만 지표면이 생활하기 적합한 환경은 아니기에 지하에 커다란 공동(空洞)을 만들어 그곳을 거주 구역으로 삼고 있을 뿐이다.

그리고 그곳 또한 거주 구역이 자리 잡은 행성과 마찬가지로 별다른 이름이 없었다. 거주 구역에 살고 있는 사람이나 아는 사람들은 모두 그곳을 그저 미궁이라고 불렀다. 밤이 긴 별의 미궁. 다니엘은 행성 모양의 블랭크들을 떠나 가장 먼저 이곳으로 와야만 했다.

미궁은 본디 고엘 정교회의 수도사들이 피정을 오는 곳이었다. 수도사들은 속세의 온갖 소란스러움을 떠나서 이름도 지도도 없는 이 미궁으로 와 몇 날 며칠을 그저 미궁 안을 헤매며 명상에 잠기는 고행을 자처한다. 하지만 밤이 긴 별의 미궁은 어느새 고엘 정교회 본산 사람들의 발길이 끊긴, 분파 중에서도 특수한 무리들이 점거하는 곳이 되었다.

'여전히 구태적인 곳이다.'

끊임없이 통로가 이동하고 방의 배치가 뒤바뀌어 걷는 이를 혼란에 빠뜨리도록 설계된 미궁임에도 다니엘의 발걸음에는 주저함이 없다. 그는 이 헤맴과 마찬가지인 일을 행성 시나고그에서 몇 번이고 반복했었다. 미궁에 빠지는 일은 가이사의 세례를 통해 무의식 공간을 탐사할 때의 감각과 무척이나 닮아 있다.

하지만 다니엘이 보기에 그 결과는 전혀 달랐다. 그는 가이사의 세례는 실제로 그에게 더 많은 힘과 성찰을 주었지만 이미궁은 그저 고행을 통한 자기만족 외에는 없다고 여겼다. 방금 다니엘의 주변을 둘러싼 저들이라면 공감하지 않겠지만 말이다.

"눈치채지 못한 척하는 것도 질렸다. 나와라."

"다니엘, 네놈이 감히 여길?"

"오랜만이군. 네 이름은 뭐였지?"

"방자한 놈……."

다니엘은 애초부터 맞은편과 뒤편의 교차로에서 인기척을 느꼈다. 수는 각각 셋. 그리고 아마 위층과 아래층에서 바닥과 천장을 뚫고 덤빌 준비를 하는 둘. 시카리에서 다니엘을 진절 머리 나도록 경계하고 있음을 보여주는 숫자다.

밤이 긴 별의 미궁은 예전과 달리 수도사들의 피정을 위한 공간이 아니다. 이곳은 이제 고엘 정교회의 분파 중에서도 광신적인 믿음을 유지하는 암살자 집단, 시카리의 둥지다. 그리고 다니엘은 이 암살자 집단의 일원이자 차기 수장으로 여겨지던 실력자였다. 그런 그이기에 이 미궁의 내부를 훤히 꿰뚫고 있는 것 또한 당연한 일이었다.

"사형. 사형은 이제 여기 올 사람은 아니지 않아?"

"사형은 무슨. 저놈은 배신자다."

다니엘의 앞뒤로 수도사의 차림새를 한 시카리 무리가 모습을 드러냈다. 목소리가 아닌 얼굴을 보니 기억이 되살아났다. 사형이라고 부른 놈은 뻐드렁니. 배신자라고 부른 놈은 돼

지코. 다니엘은 예전 기억을 되살려 그들의 능력을 반추했다. 예전이라면 모를까, 가이사의 세례로 단련이 된 그에게는 딱히 어렵지 않은 상대들이었다.

"배신자는 무슨. 이중 첩자라고 불러라."

담담하게 자신의 신분을 밝히는 다니엘의 한마디에 시카리 무리는 금세 동요하는 모습을 보였다. 이중 첩자? 시카리를 배신하고 블랭크에 합류한 그가? 차기 수장의 지위도 신앙도 버렸던 그가?

"사형. 어디서 수작질이야? 그런 뻔한 거짓말에 우리가 속을 것 같아?"

"됐으니까 노두 님께 안내하기나 해라. 웬일로 서재를 비우셨더군."

"시끄러워. 다니엘, 당신이 아무리 잘났어도 우리를 만만하게 볼 수는 없을 텐데? 물론 우리도 몇 명은 희생될지 모르지만, 곧 열 자루의 단검이 오면 너에겐 승산이 없다."

시카리 중 가장 서열이 높은 돼지코가 최대한 고압적으로 말하려 애를 썼지만 다니엘은 가볍게 코웃음을 치고는 그들의 잔꾀를 비웃었다.

"내가 그렇게 무섭나?"

"뭐?"

"곧 있을 작전을 위해 교리에 따라 속죄의 방에서 채찍질이나 당하고 있을 놈들이 무슨 생각으로 나를 잡으러 오겠어? 열 자루의 단검쯤 되는 놈들이 고작 나 하나 잡자고 그 신실한 마음가짐을 접을 리가 없잖아?"

다니엘을 둘러싼 시카리 무리는 정곡을 찔린 듯 웅성거렸다. 다니엘은 오랜만에 돌아온, 고향이나 다름없는 이곳에서 마주한 변함없는 정서에 짜증이 치밀었다. 이제까지 소동을 일으키지 않으려고 했지만 굳이 그럴 필요성이 있는지 회의마저 들었다.

"틀리지는 않았겠지. 가이사가 먼저 선수를 쳐서 고엘 정교회를 이 판에 끌어들였으니 너희들은 보복이나 준비하고 있을 거야. 고엘 정교회 본산의 명예가 얼마나 실추될지 정치적으로 얼마나 곤란해지는지는 안중에도 없을 테고. 너희들 같은 광신도들은."

노골적인 도발에 무리는 그만 참지 못하고 다니엘에게 달려들려고 했지만 어느새 그가 자신들의 몸을 이제까지 보지 못했던 능력으로 단단히 묶었음을 깨달았다. 아니, 그뿐만이 아니라 밤이 긴 별에 있을 때부터 특출 난 하이퍼 큉이었던 다니엘이지만 이제는 그들이 감당하기 어려울 정도로 강해졌음도 몸소 체험했다.

"내가 이 자리에서 너희들을 순교자로 만들어주지 않는 이유는 단 하나다. 노두 님이 계신 곳으로 날 안내해줄 사람이 필요하기 때문이다. 하지만 너희들이 나를 돕지 않는다면 이 미궁을 다 박살을 내는 훨씬 더 간편한 방법을 선택할 수도 있다."

"사형……."

"하여튼 이럴 때만 사형이지. 알았으면 노두 님께 모셔라. 나는 너희들이 모르는 열한 번째 단검이니까. 그분께 마지막 단검이 행성 모압에 모인 블랭크 간부들의 능력과 약점을 알려드리기 위해 왔다고 전해라."

* * *

"노두 님. 오랜만에 뵙습니다."

"이중 첩자라니, 허튼 거짓말을. 사기꾼을 만나 잔꾀만 배웠니?"

"능력도 늘었습니다."

촛불 하나만 켜진 좁은 방 안, 노두라고 불린 고령의 여성은 벽에 기댄 채로 문 앞의 다니엘을 흘겨보았다. 시카리의 다른 구성원들은 이미 방을 나간 뒤였다.

노두는 다니엘을 향해 자그마한 공을 가볍게 던졌다. 다니엘은 어렵지 않게 그 공을 받은 뒤 정육면체로 모양을 뒤바꾸고는 다시 여덟 조각으로 나누어 땅바닥에 떨어뜨렸다. 그러고는 웃으면서 노두에게 손바닥을 펼쳐 보였다.

"사물 큉을 갖고 노는 속도는 좀 올랐네."

"보신 이상으로 할 수 있습니다."

노두는 다니엘의 자신만만한 표정이 마음에 들지 않았다. 감히 배신자가 옛 스승에게 돌아와서 무릎을 꿇고 빌지는 못할망정 이죽거리기나 하다니. 열 자루의 단검 중 셋만 예비로 남겨두었어도 이런 굴욕은 없었을 텐데. 후회가 막심했다.

하지만 기죽을 필요도 없었다. 그래서도 안 되었다. 다니엘이 이렇게 자신을 찾아온 것에 분명 어떤 이유가 있을 것이었다. 그리고 현재까지의 상황을 봤을 때 짐작이 가는 사건이 하나 있었다.

"별의 목소리로 노래하는 자를 찾았다느니 뭐라느니 하더니 결국 이제야 속은 것을 알았나 봐? 내가 전에 말했지 않니? 그놈은 구세라는 대의를 판매하는 사기꾼일 뿐이랬잖아. 내가 너 말릴 때는 웃더니 무턱대고 찾아와서는 이중 첩자라느니 그놈들의 약점을 알고 있다느니. 네가 가장 달라진 건 잔꾀도 능력도 아니라 그 뻔뻔함이야. 네가 한 번은 나를 배신했다가 이제 와서 또 걔네들을 배신한다고 해서 내가 순순히 들어줄 이유가 있어? 고작 그 정도로 네 목숨을 구걸해?"

"제 목숨을 구걸하러 온 것이 아닙니다."

"그러면? 알아서 죽으러 왔니?"

"저는 목숨을 구걸하지 않습니다. 구걸을 한다고 해도 저를 죽일 수 있는 사람에게만 합니다."

"그러니까. 우리는 너를 죽일 수 없다?"

"맞습니다."

화를 내리던 노두는 다니엘의 목소리에 힘이 없음을 깨달았다. 이렇게나 건방진 이야기를 저렇게까지 침울하게 말을 하니 그것도 재주다 싶을 정도다. 이제까지 오만하기 그지없던 다니엘의 눈빛에 비굴함이 깃들었다.

"제가 원하는 것은 가이사의 목숨입니다."

15

"무슨 의미냐. 네가 모시던 스승, 네 손으로 끝내겠다는 이야기야?"

"아닙니다."

"그러면. 그놈을 살려달라고?"

"예."

노두는 어처구니가 없어 웃음이 나올 지경이었다. 암살조직에서 훈련받은 암살자가 암살 대상에게 포섭된 것도 모자라 암살 조직에 돌아와 암살 대상의 목숨을 살려달라고 구걸하다니. 도대체 그 가이사라는 자가 어떻게 자신의 부하를 세뇌했기에 이렇게나 충성심을 보이는지 가서 물어보고 싶을 지경이었다.

다니엘은 방금까지의 비굴한 표정은 간데없이 동네 구멍가게에서 껌 한 통이라도 주문한 것처럼 태평한 얼굴로 노두를 바라보고 있었다. 그 비상한 충성심도 의문스러웠지만 내 제안을 당연히 받아들일 것이라는 저 확신의 근거도 알 수 없었다. 블러핑일까? 노두는 눈을 얇게 뜨고는 다니엘을 살펴보며 고민을 해보았지만 답은 나오지 않았다.

"어차피 노두 님도 일이 커지는 것은 원하시지 않을 테죠."

"일이 커지는 게 무서운 근본주의자가 어디 있을 것 같아?"

"근본주의자가 아니시지 않습니까. 이렇게 도둑이나 다름없이 폐성에 숨어 살면서 정교회의 이름으로 암살을 자행하는 조직이 살아남기 위해서는 언제나 멍청한 근본주의자가 아닌 영민한 지도자를 필요로 합니다."

"그래, 노두인 내가 똑똑해서 네 제안을 받아들일 거다?"

"현재 상황으로는 고엘 정교회의 이름이 전면으로 드러났습니다. 가이사가 죽으면 제1순위 용의자는 바로 고엘 정교회가 될 테고 본산으로서는 그 상황이 달갑지 않을 겁니다. 이제 가이사에게 일어나는 모든 일은 은밀한 암살이 아닌 공공연한 테러이니까요."

다니엘의 지적에도 노두는 그다지 납득할 수 없었다. 자신이 이 조직에서 유일하게 근본주의자가 아님은 맞다. 고엘 정교회의 본산은 정교회의 이름을 빌린 근본주의자 암살 조직을 가만히 내버려둘 정도로 어리석지는 않다.

하지만 그런 자신이라고 가이사의 도발을 무시하고 넘어가겠다는 선택지는 고민하지 않았다. 사고로 위장한 암살 한 번이면 고엘 정교회 본산에 갈 부담을 줄이고 근본주의자 조직원들의 분노도 잠재울 수 있다. 물론 고엘 정교회와 관련해 무성한 뒷소문이 나오기는 하겠지만 그저 뜬소문에 그칠 가능성이 높다.

"그런 일이 있다간 시카리는 사라질 겁니다."

"우습다. 우리 조직의 역사 동안 파문이 내려진 일은 한 번도 없었어. 언급된 일조차 없지."

"저는 파문을 이야기한 것이 아닙니다."

노두는 다니엘을 바라보았다. 살기등등한 눈빛이다. 다니엘은 노두와 시카리의 정치적 곤란을 핵심 카드로 삼은 것이 아니었다. 그의 목표는 그저 협박이었다.

"너네 킹들이 시카리를 다 죽일 것이다, 이 말이니?"

"만약 가이사가 죽으면 고엘 정교회 본산은 암살의 주범이라는 인식을 피하기 위해 시카리에 대한 지원을 잠시 끊을 겁니다. 언제나와 마찬가지로 말입니다. 그러면 그렇게 지원이 끊긴 사이 저와 블랭크 간부들과의 전면전을 기대하셔야 합니다."

"못할 거 없지."

"하지만 가이사의 목숨을 저에게 맡겨주시면."

"그러면?"

"나머지 블랭크 간부들의 목숨을 노두 님에게 바치겠습니
다."

* * *

다니엘이 떠난 뒤, 노두는 방 안의 어둠에 잠겨서 다니엘이
내건 제안에 대해 다시 검토를 해보았다. 다니엘의 조건은 크
게 두 가지였다. 하나, 가이사는 다니엘의 보호 아래에 둔다.
둘, 가이사를 제외한 블랭크는 시카리가 처리함으로써 시카
리 내부의 근본주의자들을 단결시키는 동시에 고엘 정교회에
게 갈 테러의 의심을 피한다.

한 조직의 대표를 없앨 것이냐, 대표는 내버려두되 조직 그
자체를 없앨 것이냐. 가능하다면 노두로서도 후자가 유리하
다. 시카리는 아무리 그 유래가 오래되었다고 하더라도 비밀
조직이다. 개개인의 전투 능력은 뛰어나지만 행성 시나고그
를 점령하고 있는 블랭크의 수적 우위를 견뎌내기는 어렵다.

시카리는 암살자들의 단체인 만큼 각 인원이 산개해서 잠적했다 블랭크들이 잠잠해졌을 때 다시 뭉치는 식으로 분쟁을 피할 수도 있지만 이 방법은 이전 시카리로서 빼어난 암살자였던 다니엘이 잠자코 두고 보지는 않을 것이다.

다니엘의 제안을 받아들이면 가이사는 살지만 블랭크의 간부들, 조직 자체는 와해시킬 수 있다. 동시에 시카리가 범인으로 지목되기 어려워 고엘 정교회와 시카리에게 미칠 정치적 부담도 덜하다.

'제가 원하는 것은 가이사의 목숨입니다.'

노두는 다니엘의 결의를 떠올렸다. 시카리의 광신도들을 이끄는 노두이지만 그만한 광신도는 본 적이 없었다. 다니엘이 블랭크라는 조직을 통째로 갖다 바치면서도 가이사의 목숨만은 보장받으려는 이유는 하나다. 시카리의 교리에서 별의 목소리를 들은 자는 최우선으로 보호해야만 하는 존재이기 때문이다. 그리고 다니엘이 보기에 가이사는 별의 목소리를 들은 자였다.

하지만 노두가 보기에, 그리고 시카리가 보기에 가이사는 별의 목소리를 들은 자를 참칭하는 자였으며 별의 살해자였다. 블랭크라는 조직은 그 자체로 어불성설로 여겨졌고 말이다. 이 시선의 간극은 쉽게 메우지는 못할 것이다. 가이사의 죄는 다니엘이 블랭크를 배신한다고 해서 갚을 수 있는 성질의 것이 아니었다.

다니엘은 시카리가 고엘 정교회에게 외면당할 수 있는 정치적 상황과 블랭크 조직의 붕괴라는 카드 두 장을 제시했다. 이해하기 어려운 일이다. 만약 다니엘과 시카리 사이의 거래가 성사되더라도 그 거래가 끝난 후 가이사는 여전히 위험한 상황에 놓이게 된다. 블랭크라는 안전한 요람을 나온 가이사를 요리하고 싶을 곳은 시카리가 아니더라도 많다. 시카리에게 있어 가이사를 내버려둘 이유도 다니엘과의 구두계약 외에는 없다. 이 구두계약은 언제라도 파기할 수 있다.

그럼에도 다니엘이 노두를 찾아와 간청한 이유는 무엇일까. 노두의 뇌리에 하나의 가능성이 떠올랐다. 다니엘은 교리에 나온 대로 별의 목소리를 들은 자가 증오와 악의 속에서 세상을 뒤바꾸리라 강렬하게 믿고 있기 때문일 것이다.

광신도들의 수장은 자신들의 교육 방침을 재고해야 하지 않을까 의심마저 들었다. 시카리 역사에서 가장 빼어난 암살자가 교리를 광신한 나머지 조직 자체를 부정하게 되었다니. 너무나도 성공적인 실패였다.

＊ ＊ ＊

"준비는 되셨어요, 스승님?"

"그럼요. 방송사도 세팅이 끝났나요?"

"네. 이제 무대에 오르시면 됩니다."

가이사는 대기실을 나가기 전 다시 한번 거울을 바라보며
어디 이상한 부분은 없는지 체크했다. 언제나와 마찬가지로
전혀 꾸미지 않은 듯 산속의 도인과 같은 차림새였다. 그리고
이런 코디야말로 좋은 옷으로 치장하는 것보다 더한 노력을
요구한다.

전날 시메온은 병문안을 와서 가이사와 긴 이야기를 나누
었다. 시메온은 그 자리에서 가야에게 자신이 기자가 아닌 친
구로 왔다고 말했지만 가야도 가이사도 그 말을 믿지 않았다.
어디 그뿐일까. 가이사는 가야에게 기자이자 친구인 시메온
이 방문할 것이니 꼭 들여보내라고, 다만 처음 몇 번은 거절을
하라고 신신당부를 했었다.

"시메온은?"

"카메라테스트 중이에요."

오늘 찍을 방송의 내용은 표면적으로는 가이사의 강론으로
알려져 있다. 가이사는 강론을 준비했다. 그의 제자들과 게스

트와 함께 무대에 올라 퀑과 블랭크에 대한 그만의 철학을 피로(披露)할 것이다. 그리고 강론을 마친 뒤 있을 인터뷰에서는 퐌의 냉장고 안에서 있었던 일들을 폭로할 예정이다. 이 인터뷰는 시메온과 가이사 그리고 간부들만이 알고 있는 대외비이다.

가이사는 시메온과 인터뷰를 한다고 해서 그 내용이 공개되리라고 믿을 만큼 순진하지는 않았다. 8우주의 정치 지형도를 바꾸기란 그렇게 만만하지 않다. 다만 이 인터뷰 영상은 가이사에게 있어 협상의 카드 한 장으로는 충분히 몫을 다해줄 것이다.

가야는 가이사가 거울 앞에서 떠나지를 않자 등을 톡톡 두드리며 재촉을 했다. 가이사는 슬쩍 웃으며 자리에서 일어나 녹화 전 마지막 질문을 던졌다.

"퐌은 도착했나요?"

"네, 30분도 전에 말이죠."

16

"하지만 그건 거의 혈액형별 성격유형 수준의 이야기가 아닙니까?"

"어떻게 보면 맞닿아 있는 테마이기는 하지요. 생각해보세요. 예전에는 골상학이라고 해서 뼈의 생김새로 그 사람의 성격이나 체질을 알 수 있다고 주장하는 학문도 있었어요. 이제와서는 다 혁파된 내용들이지만요."

"그래. 제 말이 그겁니다. 어떻게 큉의 능력을 보고 그 큉의 인생을 알 수 있다는 겁니까? 순간이동을 할 수 있는 큉들은 그러면 성격이 다 같습니까?"

"좋아요. 이렇게 말해보지요. 골상학은 현재 틀렸음이 증명된 학문임은 맞습니다. 그러나 뼈가 아닌 근육 차원의 관상은 여전히 회자가 되고 있지요."

"근육이라니요?"

"이를테면 '마흔이 넘은 사람은 자신의 얼굴에 책임을 져야한다'라는 말이 있지요. 사람의 얼굴이 태어날 때 주어진 것도 있지만, 어떤 인생을 살았느냐의 굴곡 또한 새겨진다는 의미예요. 예를 들어 콴 님처럼 눈가에 주름이 있는 경우는 웃을 때마다 만들어지는 것이거든요. 웃음의 주름이 깊은 사람은 주름이 새겨질 만큼 자주 그리고 많이 웃었다는 증거이지 않겠습니까?"

콴은 잘 정돈된 콧수염을 어루만지며 가이사의 말을 경청했다. 그의 머리에는 관처럼 둘러진 뿔이 나 있어 멀리서 보아도 데바림족임을 분명히 알 수 있었다. 데바림족은 다양한 인종으로 가득한 8우주에서도 독특한 존재다. 그들은 예지몽을 꾸는 것으로 미래를 읽는다.

예지몽과 영특한 머리 그리고 무서운 단합력으로 8우주 곳곳에서 종횡무진 활약하고 있는 그들이지만 콴은 그중에서도 남달랐다. 건축물만큼이나 커다란 사물 쿼인 냉장고의 주인이자 여러 빼어난 제자들을 둔 스승이며 행성 모압의 유력자들과 친분이 깊은 지역 유지. 가이사로서는 콴과의 관계를 다질 기회를 놓치고 싶지 않았다.

그렇기에 가이사는 콴의 냉장고에서 있었던 불미스러운 사태 속에서 병문안을 온 콴을 붙잡아 이 토론이라고 할지, 대담이라고 할지 모를 상황에 강제로 끌어들였다. 시메온이 촬영하는 행성 시나고그와 블랭크들의 다큐멘터리에 넣기 위해 긴급하게 마련된 자리였다.

"큉들의 능력도 마찬가지라는 거죠. 우리의 능력은 타고난 뼈가 아니라 갈고 닦은 근육이에요. 예를 들어볼까요? 제 제자 중에는 어떤 상처든 치유할 수 있는 능력을 가진 큉이 있어요. 그리고 그 친구는 자신의 능력에 걸맞게 다른 사람들을 잘 보살핍니다. 다른 친구 같은 경우에는 몸을 액체처럼 바꿀 수 있어서 어떤 충격에도 피해를 입지 않아요. 그리고 그 능력에 걸맞게 강인한 정신력을 갖고 있고요."

"말만 들으면 그럴싸한데, 결국은 수치화되기 어려운 수사를 능력에 갖다 맞추고 있는 것은 아닙니까? 사람은 타인에게 선입견을 갖고 있습니다. 이것 자체는 나쁜 일이 아닙니다. 마주치는 모든 사람의 인생 역정을 전부 다 알고 온전하게 판단하는 것은 애초에 물리적으로 불가능하지 않습니까. 그러니 의료계 종사자라면 친절할 것이다, 군인이라면 명령을 잘 따를 것이다, 이런 정도의 분석을 하게 됩니다. 큉들의 능력으로 성격을 분석한다는 것도 결국 그 정도의 일이 아닌가 하는 겁니다."

"다시 한번 말씀드리지만 분명 맞닿아 있는 테마예요. 저도 인정하고요. 오히려 인정하다 못해 제 이론의 핵심이라고 할 수 있어요. 퀑의 정체화에서 중요한 것은 퀑으로서 자신의 능력을 어떻게 발전시켜나갈 것인가에 대한 로드맵을 만드는 일이고, 그 과정에서 나는 어떤 사람인지, 나는 어떤 사람이어야 하는지에 대해 고민하지 않을 수가 없어요. 저의 분석과 지도는 나 스스로를 어떻게 파악하고 바꾸고 만들어나갈 것인가라는 테마를 다루고 있어요. 이 테마에 있어서 그렇다면 진짜의 나는 누구냐, 이를 어떻게 규정하는지는 말씀하신 대로 수치화로 연결하기 어려워요. 또 수치화된, 고정된 방향으로만 이끌 수도 없는 것이고요."

"그러니 점술의 차원으로 끌어들인다는 겁니까?"

"점술과는 다른 점이 딱 하나 있죠."

"뭡니까?"

"예상과는 다른 결과가 나왔을 때 점술가는 자신의 점괘가 틀렸음을 인정할 수 없어요. 믿음의 뿌리가 흔들리니까요. 오히려 점괘를 잘못 이해한 피분석가에게 책임을 돌리는 경우마저 있죠. 하지만 분석은 인식이 잘못되었음을 인정할 수 있어요. 실제로 저는 많은 피분석자들을 만났고 분석을 시도했으며 그중 적지 않은 수가 초기 능력 개발에 실패하거나 더딘 속도를 보였어요. 하지만 발전이 더딜 경우 저는 제 분석이 잘못되었음을 인정하고 피분석자들과 분석의 궤도를 적극적으로 수정했죠."

"그건 확실히 차이가 맞군요."

"제가 저와 제 피분석자들 사이의 관계를 스승과 제자로 규정하는 것도 이 때문이에요. 제가 하는 분석은 교육과도 같아요. 언제나 성공적이진 않아요. 처절한 실패를 할 때도 있어요. 교육과정 중에도 모든 학생들이 졸업을 하지 못하는 것처럼 말이지요. 아예 잘못된 답을 보여줄 때도 있지만 스승이 제자를 책임지고 제자가 스승을 따르듯 관계를 유지하고 성장을 지속하기를 최우선으로 삼아요."

가야는 지루한 나머지 연신 하품을 했다. 저렇게 떠들어대는 것이 과연 8우주에서 큉들이 자립하는 과정에 큰 도움이 될까 의문이 들었지만 아마 시메온이 잘 편집해주겠거니, 생각하며 남은 과제들을 떠올렸다.

당장의 화두는 행성 모압에서 블랭크들의 정치적 입장이었다. 안나스 자작의 죽음은 득이 될지, 실이 될지. 누가 새로이 적이 되었고 새로이 아군이 되었는지. 이래저래 머리를 굴려보았지만 나오는 결론은 하나였다. 가야 자신은 이런 일에 맞지 않는다는 것. 정치판의 미묘한 알력 놀이야 카퍼의 전공이었고 정보를 모으는 것은 다니엘의 전공이었다.

다니엘이 떠났으니 남은 건 카퍼뿐인데, 카퍼는 비겁한 수를 즐기는 컨트롤 프릭이기에 주변에 모든 정보를 공개하지 않았다. 반면 다니엘은 안전한 수를 고집하는 컨트롤 프릭이었고 가이사 주변의 모든 정보를 입수하지 못해 안달을 냈다. 가야로서는 다니엘이 자리를 비운 것이 자신에게나 블랭크에게 있어 잘된 일인지 안된 일인지 구분이 가지 않았다.

"재미없죠, 가야?"

"이런. 시메온, 미안해요. 스승님의 경호를 전담하느라 좀 피곤했어요."

"이해해요. 행성 모압에서 겪은 사건들은 다 보통 일이 아니었으니까요."

이 촬영을 제안한 기자 시메온이 가야에게 다가와 차 한 잔에 잡담을 조금 담아 건넸다. 가야로서는 고마운 일이었다. 누가 말이라도 걸지 않으면 깜빡 졸아버릴 정도로 집중을 못 하고 있었으니 말이다.

시메온은 시메온대로 가야에게 고마운 마음 반, 미안한 마음 반이었다. 비록 제안은 시메온이 했을지라도 콴과 가이사를 촬영할 자리를 만들고 주선한 것은 결국 가야였다. 바쁜 호위 일정 중에도 스케줄을 관리해 이만큼의 시간을 만든 것은 가야의 덕이었다.

"일손이 줄기도 했고 예정보다 행성 모압에서의 체류가 길어진 덕분에 좀 지쳤을 텐데, 행성 시나고그로 돌아가면 휴가를 가지셔야겠어요."

"그러면 제일 좋죠."

가야는 시메온의 위로에 웃어 보이고는 다시 가이사와 콴의 토론을 지켜보았다. 가이사가 행성 모압에서 기반을 다질 때만 해도 콴은 구름 위 존재나 다름없는 인사였다. 하지만 이제는 그에게 냉장고의 열쇠를 받아 대등하게 거래를 하게 되었다니, 감흥이 남다르다. 가이사가 저렇게 콴에게 적극적으로 자신의 철학을 설파하며 의견을 주고받는 모습은 예전이라면 상상도 하지 못할 일이었다.

"데바림들은 미래를 읽지요. 하지만 전 과거를 읽습니다. 기억 읽기의 능력과는 다른 방식으로요. 기억 읽기의 능력은 그 대상에게 실제로 있었던 일을 읽지만 저는 상담을 통해 그 대상이 실제로 느꼈던 감정과 그로 인해 사고 구조가 어떻게 형성되고 재구축되었는지를 읽어요. 미래를 알기에 취할 수 있는 행동도 있지만 과거를 알기에 스스로를 바꿀 수도 있다면 저희의 철학은 양립이 가능한 것이겠지요."

"세례가 과거를 알아가는 과정이라는 것입니까?"

"맞아요. 콴 님이 블랭크를 바라보는 관점과 제가 블랭크를 바라보는 관점이 그래서 크게 다르다고 생각하지 않아요. 욕망이라고 말을 하면 어딘지 부정적인 뉘앙스를 풍기지만 우리의 인생은 언제나 욕망에서 출발하지요. 그리고 욕망은 욕망하는 대상의 결핍으로 시작되고요. 쿵들의 증거, 게오르그 필터에 보이는 그 공백은 이 결핍의 상징이고 쿵 능력은 결핍을 채우기 위해 발현한 힘이에요."

가이사는 잠시 입을 다물고 미소를 지었다. 그가 강론을 펼 때마다 시그니처처럼 사용하는 제스처 중 하나였다.

"제가 바라보는 블랭크는 바로 결핍을 긍정하는 사람들이에요. 결핍을 받아들이고 인식함으로써 자신의 욕망을 구체화하고 욕망에 다가가기 위한 능력을 개발하는 사람들. 그게 블랭크에 대한 저의 정의이고 저와 제자들을 한곳에 모으는 원동력이죠."

가야는 속으로 쓰게 웃었다. 혹시나 그 쓴웃음이 겉으로 드러나지 않았을까 걱정되어 옆을 보니 시메온이 감동한 눈으로 연신 고개를 끄덕이고 있었다. 녹화 중만 아니었다면 박수마저 쳤을지도 모를 정도의 반응이다.

결국 가야는 다른 간부에게 상황을 봐달라며 부탁을 하고는 촬영장을 떠났다. 다니엘이 남아 있었다면 시메온에 공감하라 그러면서도 감시하라 나름 유익한 시간을 보냈을 텐데. 못내 아쉬운 일이었다.

17

—가야. 쉬는데 미안하지만 잠깐 나와봐.

"무슨 일이에요, 카퍼?"

—촬영이 거의 끝났어. 콴을 배웅 좀 해줘.

가야는 고개를 끄덕이고는 통신을 끈 뒤 카퍼의 방으로 이동했다. 다른 사람도 아닌 카퍼의 부탁이다. 촬영장으로 바로 가기 전에 그가 무슨 꿍꿍이로 자신에게 콴을 배웅하라고 한 것인지 알아둘 필요가 있었다.

과연 카퍼는 방 안에 앉아 촬영장의 CCTV 영상을 모니터링하며 이런저런 궁리를 하는 중이었다. 가야는 카퍼의 뒤로 다가가 그가 도대체 어디에 정신이 팔린 것인지를 살폈다.

"왔나."

"왔죠."

"응. 용건은 아까 말한 대로야. 콴을 배웅해줘."

살찐 고양이의 미소. 가야는 카퍼가 이 미소를 지을 때마다 이 사람이 아직은 우리 편이라는 것에 안도했다. 아군이어도 이렇게 성가신데 적일 경우 얼마나 피곤할지. 가야는 스스로를 카퍼와 달리 음모나 계략과는 먼 사람으로 여겼다. 그래서 별 고민 없이 그의 명령을 곧이곧대로 따르는 것이기도 하고. 하지만 그런다고 꺼림칙한 기분이 지워지진 않았다.

"진짜 용건은 뭐예요? 고작 배웅을 위해서 저를 불렀을 리 없잖아요."

"이런. 직업에 귀천이라도 따로 있다는 거야?"

"미사일을 쏠 곳과 권총을 쏠 곳은 따로 있죠."

누구라도 이 상황에서는 의아함을 느낄 것이다. 가야는 현재 간부들 중에서도 가장 빼어난 능력을 가지고 있다. 고작 배웅을 위해 쓰기에는 아쉬운 카드다. 더욱이 콴이 다른 조직의 킹에게 이동을 의탁할 정도로 궁색한 사람도 아니다. 그럼에도 카퍼 같은 사람이 가야를 통해 콴을 배웅하려고 한다면 여기에는 무언가 꿍꿍이가 있다고 의심할 수밖에 없다.

"콴과 알아서 나쁠 것도 없잖아."

"가이사나 카퍼처럼 정치적인 사람한테나 그렇겠죠."

"그의 제자 중에는 자네처럼 빼어난 퀑들도 많아."

"나중에 한판 붙기라도 하게요? 전력 탐구?"

"아니. 오히려 반대."

한판 붙는 일의 반대는 무엇일까. 연대? 합병? 흡수? 어느 쪽이든 보통 일은 아니다. 가야는 조심스레 카퍼에게 질문했다.

"안나스 자작의 죽음이 그렇게 파급이 커요?"

"암. 크지. 행성 시나고그는 행성 모압의 영향에서 자유롭지 못하고 앞으로 어떻게 일이 진행이 되든 행성 모압의 실력자들과 관계를 맺어둘 필요는 있어. 안나스 자작이 좋든 싫든 우리 돈줄 중 하나였고 그 양반이 죽은 지금 다음의 돈줄 후보들을 찾아야 해."

"퀀이 유명 인사이기는 하죠. 하지만 부자는 아니잖아요?"

카퍼는 실실거리며 고개를 저었다.

"자네는 데바림이 얼마나 돈을 긁어모으는지 모르나 본데, 이 기회에 좀 알아보고 와."

"퀀이 어디서 어떻게 지내는지 정도는 알아요. 데바림답게 시장통에서 지내잖아요?"

"그래. 그리고 군수업보다도 더 많은 자본이 도는 곳이 유통업이고, 그 시장 사람들도 모르고 있지만 그 시장은 통째로 콴의 소유야. 확실한 증거는 없지만 도는 돈을 보면 그래. 사람들은 세련된 대형마트가 더 부유하다고 생각하지만 탈세의 편의성에 있어서는 재래시장만 한 곳이 없고 재래시장을 지배하고 있는 사람이라면 더더욱 그렇지. 어때. 설명을 들으니 감이 좀 와?"

결국 여기나 거기나 마찬가지인 셈인가. 가야는 어깨를 한 번 으쓱이고는 방문을 나섰다. 카퍼의 설명을 더 듣고 싶지도 않았으니 촬영장으로 돌아가서 콴을 배웅할 준비를 하기 위해서다. 그 부자라는 사람을 위해. 나름 예전부터 명망 있던 사람이라 가졌던 환상에 조금 금이 가기는 했지만, 부자라는 것이 잘못된 것도 아니고 일은 일이니까.

* * *

"콴 님. 모실 수 있어서 영광이었습니다."

"아닙니다. 저야말로 실력 있는 하이퍼 큉의 배웅을 받아서 편했습니다."

"과찬이십니다. 하이퍼라고 해도 기술은 같은데 다를 것 있나요?"

"소리만 들어도 알 수 있습니다. 공간에서 공간으로 이동할 때 나는 소리가 다릅니다."

콴은 껄껄 웃으며 가야를 추커세웠다. 가야는 콴에게 인사
치레를 들으면서도 주변을 둘러보며 간략하게나마 시장의 규
모를 짐작해보았다. 콴이 주거지로 삼는 시장은 그 크기도 넓
었지만 돌아다니는 손님의 숫자가 적지 않았다. 하루나 이틀
도는 돈만 어림잡아보더라도 천문학적인 수치다.

평소대로라면 가야는 콴에게 인사를 한 뒤 호텔로 돌아가
서 가이사의 경호 업무로 돌아가야 했다. 하지만 오늘은 카퍼
의 부탁 혹은 지령이 있었다. 가야는 자신이 너무 연극 조로
말하지 않기를 빌며 콴에게 한마디 말을 덧붙였다.

"그러고 보니 제 스승님이 신선한 과일을 드시고 싶어 하더
군요. 혹시 이 시장에서 청과물을 취급하는 곳이 어디인지 아
십니까?"

"물론 있습니다. 제가 안내해드리겠습니다."

콴은 사람 좋게 웃으며 가야를 시장 안으로 안내했다. 가야
는 버릇대로 기억 읽기 능력을 쓰지 않도록 주의하며 콴의 인
도에 따라 시장 안으로 들어갔다. 기억 읽기 능력을 함부로 쓰
는 것은 큰 무례이기는 하지만 데바림족을 상대할 때는 그 의
미가 다르다. 데바림족의 뇌는 특수해서 함부로 기억을 읽으
려고 들었다간 시전자의 뇌가 바싹 타버린다.

아마 콴이 블랭크 무리에 단독으로 온 이유도 이 때문일 것이다. 아무리 쟁쟁한 퀑들 사이에 홀로 앉아 있어도 그에게서 빼낼 수 있는 정보는 그가 입으로 말하기로 결심한 것뿐이니까. 하지만 불행히도 카퍼는 그 이상의 것을 원했고 가야는 콴을 따라 이렇게 시장까지 와야 했다.

'인물들에 대한 사전 정보가 없는 곳에서의 기억 읽기 활용법은 일단 조금이나마 관계자로 보이면 닥치는 대로 읽는 거야. 그러면 모든 인물이 최근에 한 번씩은 본 인물을 알게 되지. 모두가 한 번은 본 사람, 그 한 사람이 흑막은 아니더라도 흑막과 한두 다리 건너라도 연결된 사람이겠지. 그렇게 그 사람을 찾아가서 기억을 읽으면 돼.'

가야는 예전 다니엘에게 들었던 노하우를 되새기며 콴과 마주치며 그에게 인사를 나누는 대부분의 사람과 악수를 하며 소개를 주고받았다. 다른 사람이 이런 일을 하면 능력의 대상이 된 사람들이 위화감을 느낄 테지만 가야는 눈치채지 못할 틈에 사람들의 인상을 읽어낼 자신이 있었다. 많은 정보를 얻어내려 욕심을 내지 않고 책을 빠르게 훑는 느낌으로 이미지의 단편만을 읽는 것이 그 비결이었다.

"역시 이 시장에는 콴 님을 아시는 분들이 많군요."

"아무래도 이곳에서 오래 지냈으니 말입니다.

"아니요, 콴 님은 행성 모압의 큉들에게는 그 이상의 존재이십니다. 제자분들만 해도 그렇지요. 그분들은 콴 님에게 은혜를 입었다고 여기실 겁니다."

"저는 해야만 하는 일들을 했을 뿐입니다."

콴은 가야의 찬사에 그저 머쓱한 미소를 보이며 고개를 저었다. 그러고는 가야를 부드러운 눈빛으로 바라보았다.

"제 제자 중에도 가야 님처럼 겪지 말았어야 했던 일을 겪은 제자가 하나 있습니다. 가야 님처럼 뛰어난 하이퍼 큉이기도 합니다. 저는 그런 분들께 또 하나의 가능성을 제시하고 싶었고 말입니다."

어색한 상찬이 끝난 뒤, 콴과 가야는 청과물을 다루는 골목 앞에 도착했다. 콴은 가야가 부탁받은 물건을 살 수 있는 곳이 여기라며 안내를 마치고는 다른 곳으로 떠났다.

가야는 이곳에 도착하기까지 나름의 수확을 얻었다. 이제까지 콴과 인사를 나눈 사람들의 기억을 읽으며 이 시장을 배후에서 관리하는 사람, 혹은 그 배후에서 관리하는 사람과 다른 상인들을 연결하는 사람을 특정할 수 있었던 것이다.

키가 조금 작은, 녹색 피부의 중년 남성. 이 남자가 시장의 사업자들과 콴을 잇는 연결고리였다. 가야는 천천히 가게들을 둘러보며 그 남자를 어디서 찾아야 할지를 고민했다.

"실례합니다."

수색에 걸리는 시간은 길지 않았다. 콴이 소개한 청과물 골목 중 한 가게의 계산대 앞에 그 남자가 있었기 때문이다. 가야는 바로 그에게 다가가 어깨에 손을 얹고는 인사를 건넸다.

"어서 와요, 손님. 뭐 찾는 물건 있나?"

"안녕하세요, 아저씨. 저는……."

웃으면서 손님을 연기하려던 가야는 남자의 기억을 읽다 순간적으로 얼굴이 굳고 말았다. 남자 역시 가야가 자신의 기억을 읽으려고 했음을 깨닫고 어깨에 얹어진 가야의 손을 재빠르게 뿌리쳤다.

"뭐야? 왜 허락도 없이 남의 기억을……."

"아저씨."

가야는 남자를 노려보며 위협적인 목소리로 속삭였다.

"정말로 콴 님이 오늘 두부를 드셨습니까?"

18

"콴 님, 두부를 드셨다는 것이 진실입니까?"

"이런…… 가야 님? 여기는 어떻게……."

"제자분들의 도움을 받았습니다."

도움이라는 단어는 가야가 콴을 만나기 위해 한 일들을 가리키기에는 무척이나 우회된 표현이었다. 가야와 콴은 어두운 방에서 독대한 채로 잠시 상대방의 분위기를 살폈다. 콴은 가이사와의 촬영으로 피로해졌기에 가야가 들어오기 전까지 침대에서 짧게 잠을 청하던 참이었다. 가야는 제자들의 만류를 여러 방식으로 뿌리치느라 숨이 약간 거칠어졌다.

"오늘 시장에서 두부를 사셨고 또 드신 것이 맞습니까?"

"저한테 물어보지 않으셔도 이미 제 친구들의 기억을 읽으

165

신 것 같습니다만."

"콴 님의 대답을 듣고 싶습니다."

두부를 먹었느냐. 아마 다른 이와의 대화였다면 이 질문은 평범한 스몰토크의 일부에 불과했을 것이다. 하지만 이 질문을 들은 사람이 콴과 같은 데바림이라면 이야기의 무게는 완전히 달라진다.

데바림은 꿈을 꾼다. 미래를 짚는 꿈을 꾼다. 그리고 그들은 꿈속에서 누군가의 죽음을 예견하게 되었을 경우 향을 태우고 두부를 먹는 것으로 진혼을 한다. 그들만의 개인적인, 아직 죽음이 찾아오기 전 선행적으로 진행되는 장례식이다.

그러므로 8우주의 누구든 그들이 데바림의 친구라면, 친구의 저녁 식탁에 어떤 메뉴가 올라왔는지에 대해 예민해질 수밖에 없다. 특히나 어제고 오늘이고 가릴 것 없이 언제나 암살의 위협 속에서 고통받는 가이사나 그의 경호원인 가야 같은 사람이라면 더더욱.

"허, 이것 참 곤란한데……."

"콴 님. 부디 부탁드립니다. 선견하는 이의 자비로 저 같은 우자에게 미래시의 일부라도 들려주십시오."

"가야 님."

"가이사입니까, 저입니까?"

"가야 님. 말씀드리기 어렵습니다."

"둘 중에 하나는 맞나 보군요."

"저한테 그렇게 유도심문을 던졌던 사람들이 가야 님 한 분은 아닙니다. 저는 그저 말씀드리기 어렵다고 했을 뿐, 넘겨짚고 계십니다."

"둘 중에 하나도 아닙니까?"

"대답은 같습니다. 말씀드리기 어렵습니다."

콴은 난처하다는 듯 웃어 보였다. 예언자와 그렇지 못한 자의 대화다. 주도권을 쥐고 있는 측이 어느 쪽인지는 분명하다.

가야는 자신이 쓸 수 있는 기술들이 무엇이 있는지를 고민했다. 폭력은 대화의 주도권을 다시 가져오기 위해서 가야가 쓸 수 있는 몇 안 되는 수단 중 하나였다. 데바림의 기억을 읽으려고 하는 순간 자신의 뇌는 타버릴 것이므로 콴이 먹은 두부는 가야를 위한 것으로 확정 짓게 될 터. 하지만 아무리 고민해도 가야로서는 행성 모압의 저명인사인 콴에게 위압을 가한다는 선택지를 고를 수는 없었다.

"하지만 여기까지 찾아오신 고초를 생각해서 한 가지만 말씀드리겠습니다. 당신은 아닙니다."

"그러면 혹시 가이사가……."

"한 가지만 말씀드리겠다고 했습니다."

가야는 콴의 대답에 만족하기로 했다. 데바림의 예언은 절대적이라고 알고 있다. 물론 예언이 절대적이라고 해도 몇 가지 맹점은 있다. 예언을 한 데바림이 거짓말을 했을 경우. 예언을 들은 사람이 말을 오해했을 경우. 정황상 이 대화는 어느 측에도 속하지 않을 듯싶었다.

그렇다면 가야는 당분간 아무리 무리를 해도 죽을 위기에 처하지 않는다고 해석할 수도 있을 것이다. 가이사에게 위험이 다가올 경우, 얼마든지 앞장서 싸울 수 있는 용기를 얻은 것만으로도 이 대화에서는 제법 성과가 있었다.

"저에게 예언을 듣지 않은 것을 다행으로 여기셨으면 합니다."

"왜입니까?"

"가야 님은 강한 분입니다. 하지만 예언을 듣고 견뎌내기란 가야 님처럼 강한 분에게도 쉽지 않은 일입니다."

"그럴 것 같습니다. 하지만 견뎌야만 하는 일 아닙니까?"

콴은 너털웃음을 지으며 고개를 저었다.

"가야 님. 가야 님은 이제 곧 죽을 사람을 증오하실 수 있습니까?"

"……."

"당분간 어떤 방식으로든 죽지 않을 사람을 용서하실 수는 있습니까?"

"……어려울 것 같습니다."

"그렇습니다. 데바림인 저에게조차도 쉽지 않은 일입니다."

가야는 말없이 고개를 숙여 보였다. 콴은 콴 나름의 방식으로 가야에게 최선의 답을 보여주었다. 이제 가야도 더 이상 폐를 끼칠 면목이 없었다.

"일전에 가이사 님도 저에게 예언을 청했던 적이 있습니다. 그때도 제가 답변을 거절했던데. 가야 님에게는 이렇게 돌려돌려 말씀을 드리게 되었군요. 이것도 어떤 운명일는지…… 슬슬 돌아가시겠습니까?"

"그럴 생각입니다."

"저는 가이사 님에게는 아주 강력한 경호원이 두 분 계신 것으로 알고 있습니다. 그런데 지금 가이사 님 곁에는 두 분 다 없더군요."

다니엘과 가야. 가야는 바로 두 사람의 이름을 떠올렸다. 가야는 그제야 자신이 골랐어야 하는 선택지가 콴의 뒤를 쫓는 것이 아니었음을 깨달았다. 가이사의 곁에는 아직 실력 좋은 간부들이 여럿 남아 있지만 그들은 경호를 전문으로 하는 퀑이 아니다. 암살의 매커니즘에 대해서도 잘 알지 못한다. 가야는 가이사의 곁에 있어야 했다.

"조언 감사합니다. 저는 그러면 스승님이 있는 곳으로 돌아가겠습니다. 곧장 행성 시나고그로 돌아갈 테니, 제대로 인사를 드리지 못하고 떠나게 되어 정말 죄송합니다."

가야는 재빠르게 다시 가이사와 간부들이 있는 숙소로 돌아가려고 했다. 하지만 그 순간, 콴이 손을 들어 가야를 제지했다.

"가야 님은 다시 행성 모압으로 돌아오시게 됩니다."

"네, 돌아오게 되면 반드시 인사를 드리러 오겠습니다."

"시간을 맞추면 죽을 때까지 아쉬움이 없을 것입니다."

가야의 발길이 멈췄다. 이것은 데바림의 예언이었다.

"시간을 맞추지 못하면 후회 속에서 살 것입니다. 어느 쪽이든 가치 없는 선택은 아닙니다."

* * *

"가이사. 춥지 않냐? 왜 여기서 궁상이야?"

"카퍼."

가이사는 밤하늘을 올려다보며 호텔 정원을 산책하던 중이었다. 카퍼는 들고 있던 뜨거운 차 한 잔을 가이사에게 건넸다. 가이사는 김이 모락모락 피어오르는 찻잔에서 한 모금 맛을 보았다.

"여기는 행성 모압에서도 극지방에 가까워. 낮이면 모를까 밤에는 공기가 많이 차다고."

"저도 이 지방 출신인걸요. 잘 압니다."

"아, 그랬던가."

카퍼는 가이사의 안색을 살폈다. 어딜 보아도 반가운 고향에 돌아온 이의 얼굴이라고 볼 수는 없었다. 예전에는 이렇게 커다란 호텔에서 머물기란 꿈도 꾸지 못했으니 금의환향이라면 금의환향이라고 할 수 있었을 텐데도.

"행성 모압은 역시 광해(鑛害)가 심하군요. 예전에는 이 정도는 아니었는데. 행성 시나고그라면 훨씬 더 별이 잘 보일 텐데 말이죠."

"별의 목소리니 노래니 헛소리를 할 거면 나는 갈 거야."

카퍼의 단호한 태도에 가이사는 피식 웃고 말았다. 아무리 그래도 가이사가 이끄는 블랭크의 간부 중 하나인데도 이렇게나 가이사의 가르침에 부정적이라니.

"그래서. 뭣 때문에 이 궁상인데?"

"콴의 예언에 대해서 생각하고 있었습니다. 정말 내가 그렇게 될까, 내가 할 수 있을까에 대해서. 이 쉽지 않은 길에 대해서."

"할 수 있지. 암."

카퍼의 긍정에도 가이사는 별다른 용기를 내지 못했다. 그저 카퍼가 방금 건넸던 차를 다시 홀짝이며 생각에 잠길 뿐이었다. 당장은 그 외에 할 수 있는 일도 없었고 말이다. 잠시 동안 가이사와 카퍼, 두 사람의 입에서 나오는 하얀 입김만이 행성 모양의 밤을 메우고 있었다.

"다른 간부들은요?"

"각자 자기 자리에서 할 일들 하고 있어. 가야만 조금 늦을 거고. 별일이지?"

"가야도 가끔은 늦어도 돼요. 언제나 수고가 많은걸요. 그렇게 생각하지 않습니까, 다니엘?"

약간의 기다림이 지나고, 가이사는 카퍼와 한담을 나누다 뒤를 돌아보며 그를 가장 따르던 제자에게 말을 건넸다.

"오랜만에 인사드립니다."

"며칠 지나지도 않았어요. 하지만 이렇게라도 보게 되니 무척 반갑네요."

고개를 숙여 인사하는 다니엘의 뒤로는 넝마 같은 옷을 입은 열 명의 사내들이 그들의 지위와 목적을 암시하는 단검을 들고 서 있었다.

"뒤에 계신 그분들은?"

"고엘 정교회의 근본주의자 암살 집단 시카리 정예, 열 자루의 단검입니다."

19

"표정이 어둡지는 않군요. 제가 많이 실망시켜드렸다고 생각했는데요."

"저는 여전히 스승님을 믿습니다."

다니엘과 가이사의 대화는 평소와 다를 바 없이 평온했다. 카퍼는 이 분위기에 맞춰줄 필요를 느끼지 못하고 경계심을 숨기지 않았다. 카퍼는 최전선에 나서는 타입의 퀑이 아니었음에도 다니엘의 뒤에서 자신들을 노려보고 있는 퀑들의 분위기가 흉흉함을 분명히 알 수 있었다.

무엇보다 카퍼는 다니엘의 솜씨를 필요한 만큼은 알고 있었다. 만약 지금 자신이 다른 곳에 연락을 하려고 하거나 이런저런 꼼수를 쓰려고 하면 바로 그 순간 다니엘은 눈 한 번 감왔다 뜰 사이에 카퍼의 사지를 찢어버릴 실력자다.

"뒤에 계신 분들도 퀑이신 것 같은데. 블랭크에 합류하시려고 오셨나요?"

"아닙니다. 하지만 이 열 자루의 단검은 가이사 님의 털끝 하나 건드리지 않을 겁니다."

"그렇다면 저분들이 저를 찾아오신 이유는 무엇이죠?"

가이사는 무덤덤하게 다니엘을 응시하며 그의 대답을 기다렸다. 다니엘은 블랭크의 최고위 간부이자 그의 수제자였다. 그런 그가 별다른 인사도 없이 조직에서 이탈하고 또 열 자루의 단검과 같은 무력 집단을 끌고 스승에게 찾아온 것은 보통일이 아니었다.

"열 자루의 단검은 고엘 정교회의 정적들을 겨냥합니다. 저들은 행성 모압에 온 블랭크 간부들을 다 죽이기 위해 왔습니다."

"하지만 저에 대해서는 털끝 하나 건드리지 않을 것이라면서요?"

"제가 저들에게 거래를 제안했기 때문입니다. 간부들의 정보를 대가로 가이사 님의 신변 보호를 보장받았습니다."

"이것 참, 저에 대한 호의로 하신 일이긴 하겠지만 감사하다고 할 수는 없겠네요."

미소로 화답하는 두 사람의 모습을 보며 카퍼와 열 자루의 단검은 모두 불쾌한 느낌을 받았다. 카퍼는 살짝 쉰 목소리로 다니엘에게 질문을 던졌다.

"나는? 지켜주나?"

"죄송하지만 카퍼는 지켜드릴 수 없습니다. 블랭크의 간부이시지 않습니까."

"방금 사퇴했어. 진짜야. 가이사한테 물어봐."

"간부든 아니든 저들이 보기에 저나 가야 이상으로 요주의 대상인 사람이 카퍼입니다."

"에잉, 자네가 내 능력에 대해 허풍을 떨었나 보군."

카퍼는 두 손을 들어 보였다. 항복의 표시다. 카퍼가 짐작하기에 대화나 교섭의 여지는 없어 보였다. 다니엘 한 명이라면 모를까, 근본주의 광신도 열 명은 아무리 카퍼가 책사라도 회유할 도리가 없었다.

더욱이 가이사도 카퍼도 전투에 어울리는 퀑은 아니다. 훈련받은 전문 암살자 열 명과 예전에는 그들의 우두머리였으며 지금은 더욱 강해진 다니엘과 같은 퀑을 상대로 하기에는 특히나 그렇다. 카퍼의 항복 선언은 필연적이었다.

그리고 그가 두 손을 들어 올린 순간, 호텔 정원의 곳곳에서 블랭크의 간부이자 가이사의 제자들이 나타나 다니엘과 열 자루의 단검들을 둘러싸는 포위망을 형성했다.

"내가 할 수 있는 일은 이렇게 함정을 펼쳐놓고 자네 같은 친구들이 걸려들길 기다리는 것 정도가 고작인데 말이야."

카퍼는 블랭크 간부들이 계획대로 위치한 것을 확인한 뒤에야 들어 올렸던 양손을 허리춤으로 돌렸다. 이제 이 판에서 그의 역할은 끝이 났다. 다음으로는 조용히 가이사의 곁을 지키며—아마 지금 이 자리에서 가장 안전한 곳일 것이다. 블랭크도, 열 자루의 단검도 가이사를 다치게 할 의사는 없다고 하니까—싸움을 관망하기만 하면 된다.

불꽃과 빛 그리고 바람이 곳곳에서 터져 나오며 호텔 정원을 휩쓸었다. 이제 카퍼와 가이사로서는 이 호텔이 든 보험은 어디까지 손해를 메울 것인가에 대한 잡담 말고는 할 수 있는 일이 없었다.

* * *

전투는 의외로 시시하게 끝이 났다. 열 자루의 단검 측의 압승이었다. 개개인의 실력으로 비교하면 블랭크의 간부들이 도리어 열 자루의 단검보다 우수했다. 만약 일대일의 대결이었다면 가이사의 세례를 통해 능력을 개화했고 발전시킨 블랭크의 간부들은 열 자루의 단검을 어렵지 않게 제압할 수 있었을 것이다. 하지만 이런 혼전은 훈련된 범죄자—무법자들보다는 조직된 암살자—광신도들에게 더 유리했다.

그리고 무엇보다 열 자루의 단검 측에는 다니엘이 있었다. 훈련된 무법자이자 조직된 암살자인 다니엘은 종횡무진 큉들 사이를 누비며 열 자루의 단검의 집단 공격에 빈틈을 보인 블랭크의 간부들을 차례대로 무력화시켰다. 그의 실력은 상궤를 벗어나 있어, 만약 다니엘이 열 자루의 단검이 아닌 블랭크 측에 섰더라면 판세가 완전히 뒤집혔을 정도였다.

"다치신 곳은 없으십니까, 스승님?"

"덕분에요. 말씀하신 것처럼 저분들은 제 털끝도 건드리지 않더군요."

"그랬다가는 제 손에 죽었을 테니까요."

상황이 정리된 후, 다니엘과 가이사는 다시 한번 처음처럼 대화를 나누었다. 다니엘에게 무력화된 블랭크 간부들의 신음 소리를 제외하면 방금 상황과 별 차이도 느껴지지 않았다.

"나름 자네가 올 것도 계산하고 짠 진형이었는데, 속절없이 당했군. 가야만 있었어도 이렇게 쉽지만은 않았을 것을. 그 친구가 이 자리에 없어서 자네에겐 행운이군."

"시간이 더 걸리기는 했을 테고 열 자루의 단검 중 몇이 부러지기도 했을 터입니다만 결과는 차이가 없었을 겁니다."

"아주 작심하고 배신했군."

"그렇습니다."

카퍼는 다니엘에게 빈정거리고자 했지만 다니엘은 크게 신경 쓰지 않는 눈치였다. 시카리에게 전달한 블랭크 간부들의 정보는 이 싸움의 승패를 가리는 데 있어서 결정적인 역할을 했다. 큉들의 싸움은 결국 누가 먼저 치느냐, 그리고 누구와 어떤 상성 관계에 있느냐의 문제다. 다니엘의 배신은 이 두 가지 측면에서 시카리의 우위를 만들었다.

다니엘은 블랭크 간부의 능력 대다수를 파악하고 있었기에 발열 계통의 큉에게는 냉기 계통의 큉을, 진동 계통의 큉에게는 염동력 계통의 큉을, 에너지 증폭 계통의 큉에게는 정신착란 계통의 큉을 각각 붙여줄 수 있었다. 시카리에게 있어서 이번의 싸움은 상대방이 무엇을 낼지 알고 하는 가위바위보나 다름없었다.

"좋아요. 다음으로는 어떻게 할 계획이시지요?"

완전히 수세에 몰린 상황으로 보였음에도 가이사의 태도는 변함없이 당당했다. 이 전투의 진정한 승자인 다니엘은 가이사의 앞까지 다가가 한쪽 무릎을 꿇고 경배하는 자세를 취했다.

"이대로 죽이지는 않을 계획입니다."

"어째서입니까?"

"단순히 몰살을 선택했다면 이렇게 판을 키울 것 없이 저 혼자의 힘으로도 충분했습니다. 하지만 아무도 죽이지 않고 무력화만을 하는 과정이 필요했습니다."

"역시 다니엘이었어요. 솜씨가 좋더라니까."

"과찬이십니다."

다니엘은 무릎을 꿇은 자세 그대로 오른손을 수평으로 들어 자신의 뒤에 서 있는 열 자루의 단검들을 가리켰다.

"몰살을 할 경우 그 용의자의 제1순위는 우리였습니다. 그러나 우선은 이 모든 사건들이 음모였음을 폭로할 필요가 있었습니다. 몰살은 폭로가 되지 않습니다. 살인이 아닌 무력화를 통해 이후의 판을 짜는 기획이 필요한 이유입니다."

"음모의 폭로가 어디 쉽나요?"

"마리오네트 능력을 쓰든 어쨌든 방법은 찾아내기 마련입니다."

다니엘은 고개를 들어 그의 스승을 바라보았다.

"하지만 이런 번거로운 절차 없이 고문을 통해 자백을 얻는 것도 선택지 중 하나입니다."

"훌륭하군. 아주 훌륭해. 이제 모든 일은 다니엘, 자네가 마음먹은 대로군요."

가이사는 자신에게 경배하는 다니엘에게 다가가 포옹했다. 그러고는 다니엘의 이마에 자신의 이마를 맞대고는 눈을 감았다. 그 특유의 제자들을 축복하는 절차였다.

"사랑하는 나의 제자 다니엘, 당신에게 은총이 있길."

"스승님과 함께하는 것만으로도 저는 충분합니다."

"그렇군요. 가야, 시작해요."

도무지 영문을 알 수 없는 광경에 질색하고 있던 열 자루의 단검은 가이사가 다니엘과의 포옹을 풀고 자리에서 일어난 순간 이제까지 겪어보지 못한 거대한 상실감을 느꼈다. 평생 동안 안고 살아와야만 했던 공백이 너무나도 허무하게 메워진 그런 감각이었다.

그리고 그 상실감의 정체는 곧 그들의 육안으로 확인할 수 있었다. 그들의 등 뒤에는 하얀색의, 인간의 형상을 한 무언가 나타났기 때문이다.

"전사……체?"

"죄송합니다. 방금 도착했습니다."

인간의 형상을 한 무언가, 전사체는 이내 가이사의 뒤에서 나타난 한 인물의 의지에 따라 열 자루의 단검을 꽉 붙잡았다. 붙잡힌 이들은 모두 큉 능력을 동원해 전사체로부터 벗어나려고 무의미한 시도를 했을 뿐이다.

"늦었군. 가야."

"어서 와. 다니엘."

20

"전사체를 조종하는 퀑이 있다고?"

"있어요. 정말로 드물지만, 가끔 있죠. 게다가 하이퍼이기도 한."

"그건 너무 밸런스가 안 맞지 않니?"

"이 기나긴 8우주의 역사 속에서, 수많은 행성들 속에서 그런 사람이 한 사람 있다는 것이 그렇게 놀랄 일은 아니지 않나요? 사실 저는 전사체를 컨트롤하면서 하이퍼 퀑인 사람이 한 명 이상이라고 알고 있습니다."

나이 지긋한 노인은 질색하는 표정으로 의기양양하게 웃는 젊은 남성을 바라보았다. 한 테이블에 마주 앉은 이 두 사람 모두 퀑 연구에는 나름의 권위자라 할 수 있었다. 하지만 젊은

이는 노인이 모르는 것을 알고 있었다. 노인에게는 제법 자존심이 상하는 일이었다.

노인은 방금 전 남성의 입에서 나온 한마디를 믿을 수가 없었다. 전사체를 조종하는 퀑. 그것도 하이퍼. 이런 재능을 가진 사람이 태어난다는 것은 복권이 열 번 연속으로 당첨될 확률로도 모자라지 않나? 그리고 이를 단지 8우주의 역사 속에서 일어날 수밖에 없는, 확률적인 결과라고 볼 수 있는가?

"전사체가 아니겠지. 전사체처럼 보이는 무언가를 소환해서 조종하는 퀑일 거야. 그렇다면 하이퍼여도 이상할 일은 없고. 그냥 나를 속이고 골탕 먹이려고 꺼낸 질 나쁜 농담이라 믿고 싶네. 진심으로."

"제가 어떻게 감히 그런 무례를 저지르겠습니까."

젊은이는 능글맞게 웃는다. 노인은 저 웃음이야말로 저 젊은이가 저지를 수 있는 최고의 무례라고 생각했다. 아주 오래전부터 그랬다. 지금도 다른 사람들이 보기에는 방의 밝기가 무척 어두운 편이지만, 저 능글거리는 입매를 보지 않기 위해서 조명을 더 어둡게 했어야 했다고, 노인은 뒤늦은 후회를 했다.

대화의 분위기는 참담했다. 이 좁은 방은 수도사를 위한 것이기에 축축한 냉기로 가득했다. 습도도 온도도 인간을 배려

하지 않는 방향으로만 설계되었다. 그런 음침한 방에 서로의 성질을 살살 긁는 두 사람이 앉아 얼굴을 맞대고 있으니 분위기가 좋을 리 만무했다.

"네 이론에 따르면 쿵은, 인간은 욕구를 갖고 있고 욕구가 그 사람의 물리적 오류로 발현된 것이 쿵이지. 그 사람의 공백이야말로 그 사람을 설명하는 것이라고도 했고. 그런데도 쿵이라는 물리적 오류를 지우는 전사체를 조종하는 쿵이라는 거니?"

"오히려 가장 쿵다운 일이죠. 그리고 오류가 아니라 공백이에요. 공백은 목적도 아니고요. 원인일지는 몰라도요. 그리고 이 공백을 메우기 위한 수단으로 자아가 개발해낸 것이 바로 쿵 능력이니까요. 그렇다면 쿵이라는 공백을 메우려는 전사체야말로 쿵답지 않나요?"

"여전히 엉망진창인 논리네. 쿵은 사이비 정신분석학의 대상이 아니에요. 가이사."

"여전히 제 뜻을 오해하고 계십니다. 연구원 시절부터 그랬지만 주임님은 저한테 너무 엄하시다니까. 아, 이제는 노두 님이라고 불러드려야 하나요?"

"어느 쪽이든 상관하지 않아. 주임이든 노두든 공경하는 마음가짐은 어차피 갖고 있지 않다는 것 정도는 알고 있으니까."

"주임님도 참 무슨 말씀을. 저는 처음 뵈었을 때부터 주임 님을 존경했는걸요."

입은 웃고 있지만 눈은 그렇지가 않다. 오랜 사이인 두 사람이지만 서로를 좋게 보았던 적은 단 한 번도 없었다. 둘은 서로에게 있어 동료이자 공범이었고 배신자였다. 그런 관계에 우호적이 되기란 쉽지 않다.

"고엘 정교회에 이런 분파가, 암살자 집단이 있는 줄은 몰랐어요. 게다가 주임님이 그 집단의 수령이라니. 연구소 있으실 때 저 참 암살하고 싶으셨겠다, 그렇죠?"

"이곳으로 오게 된 계기는 네가 그 별을 엉망으로 부숴놓은 일 때문이었어. 나는 문책성으로 좌천이 된 셈이라고 할 수 있지."

"게다가 그 좌천된, 유서 깊다는 암살 조직마저 저 때문에 박살이 나게 생겼으니, 이것 참 유감입니다. 어쩌죠."

"깝죽거리기는."

이 음침한 방은 노두의 비밀 예배실로, 밤이 긴 별의 미궁에서도 가장 깊숙한 곳에 숨겨진 장소였다. 그리고 이 비밀 예배실에서는 암살 대상인 가이사와 암살 주도범인 노두 둘 사이의 접견이 진행되고 있었다.

전날, 암살 집단 시카리가 열 자루의 단검과 돌격대 둘로

186

나뉘어 가이사와 간부진을 습격하려 한 작전은 다니엘의 배신과 가야의 등장으로 완전히 실패하고 말았다. 시카리는 블랭크 킹들을 상대하기 위해서 킹 암살자들을 대거 투입했지만 이야말로 가장 큰 패착이었다.

숙소에 들이닥친 돌격대가 마주친 간부는 가야 단 한 명이었다. 그리고 그들은 전원 가야의 손에 의해 가볍게 무력화되었다. 열 자루의 단검이라고 사정이 크게 다르지 않았다. 가야는 돌격대를 제압한 뒤 가이사의 곁으로 돌아가 열 자루의 단검의 전사체를 조종함으로써 싸움을 일거에 종료시켰다.

강한 킹일수록 능력에 의존하고 능력에 의존할수록 전사체라는, 킹의 능력을 무효화하는 그들의 분신에게 무력하기 마련이다. 노두는 다니엘이 배신할 가능성에 대해서는 이미 염두에 두고 있었으나 그럼에도 자신이 세운 작전이 가야 단 한 사람에게 철저하게 무산되리라고는 상상하지 못했다.

"진지한 회담 중이잖아요. 솔직하게 드린 말씀이에요."

"솔직하게 회담이 아니라 사형선고를 내리러 왔다고 하지 그래?"

"사형선고는 무슨. 그래서야 수지가 맞지 않지요."

시카리의 핵심 전력을 와해시킨 후, 가이사와 블랭크 간부들은 곧장 밤이 긴 별의 심층부로 역습을 가했다. 열 자루의 단검을 비롯해 가장 강한 큉들은 이미 제압된 상황이었기에 밤이 긴 별에 남아 있던 시카리 조직원들은 순식간에 진압되고 말았다. 밤이 긴 별에서는 다른 곳과 달리 평의회나 귀족들의 눈치를 보지 않아도 되었기에 블랭크 간부들은 이제껏 수련한 자신의 능력을 마음껏 뽐내며 미궁 안을 뒤흔들었다.

상황을 정리한 뒤 가이사는 시카리의 의사 결정권자, 노두와의 일대일 면담을 신청했다. 그리고 그 내용은 노두가 지적한 것처럼 사형선고는 아니었어도 아직까지는 조롱과 멸시에 지나지 않았다.

"전사체를 조종하는 큉에 최면으로 큉들을 조종하는 큉까지. 아주 흉측한 놈들을 잘도 모아놓았더라. 네가 그렇게 기고만장할 법도 하지. 그뿐이니? 우리 쪽의 다니엘도 훔쳐 갔잖아."

"흉측은 좀 그렇고 다재다능한 동료들이라고 하지요."

"카퍼라는 큉, 별다른 전투 능력 없이 최면만 할 수 있다고 해서 우습게 봤는데 그게 아니었어. 우리 애들을 조종해서 그런 연극을 할 줄은 몰랐거든."

"아주 귀한 분이죠."

그리고 이 면담의 가장 핵심적인 주제는 바로 카퍼가 감독하고 연출한 영상 하나였다. 시카리의 열 자루의 단검과 조직원이 블랭크들을 습격한 사건을 보다 더 극적이고 감동적인 방식으로 재현한 영상. 그리고 그 재현은 카퍼의 킹 기술인 최면을 통해 이루어져 화면에 어떠한 가공도 가해지지 않고도 가능했다.

고엘 정교회 소속 비밀 암살 조직의 만행을 폭로하기에는 너무나도 완벽한 증거품이었다. 무엇보다 비록 카퍼의 기술이 들어갔을지언정 이 영상에 담긴 장면들은 실제로도 일어났던 일이며, 영상과 사건 자체에 약간의 차이가 있기는 하더라도 언론이나 법정의 기억 읽기 심사에서 무리 없이 통과할 정도의 재현도를 자랑했다.

무엇보다 카퍼와 포로로 붙잡힌 시카리 구성원들만 있으면 얼마든지 실황 영상으로 처음부터 다시 찍어서 배포할 수도 있다는 위협이기도 했다. 제압된 시카리 구성원들에게 카퍼가 최면을 걸어 또 한 번의 습격을 연출하면 되니까.

"그래서. 원하는 건 뭐니?"

"뭐긴요. 돈이죠. 또 뭐겠어요?"

"넌 항상 그랬지. 이상이라곤 없잖아."

"에이, 주임님처럼 이상을 갖고 사람들을 실험 대상으로 삼아 해부하고 개조하는 것에 비하면 돈은 훨씬 더 건전한 목표 아닙니까?"

쓴소리와 비아냥이 이어져도 일그러지지 않던 노두의 입가가 기어코 무너지고 말았다. 가이사 역시 이제껏 어조만은 친근한 투를 유지했지만 상대의 과거를 지적하면서만큼은 목소리에 노기가 섞이는 것을 참지 못했다.

노두는 잠시 눈을 감고 심호흡을 한 뒤 다시 가이사를 노려보았다. 대화가 중단된 시간이 그렇게 길진 않았지만 두 사람은 마음속에서 서로 이별하고 난 뒤의 몇 년 동안을 한꺼번에 겪는 것만 같았다.

"맞아. 네 말이 맞다고. 8우주의 온 인류를 위해서 큉이라는 미지의 존재를 탐구하는 내 과정이 이 세상 밖 속물들에게는 잔인하고 더러운 일로 보일지도 몰라. 내가 손에 피를 묻힌 덕분에 자기들이 그 풍요를 누리고 있음을 모른 척하는 모습들이 내게는 더 더럽게 보이지만, 배은망덕한 몇몇 사람들은 내가 차라리 돈이나 쫓기를 바라길 원할지도 모르지. 하지만. 하지만 말이다. 네가 지배하게 된 행성. 뭐라고 이름을 붙였다고 했지?"

"행성 시나고그입니다."

"그래. 행성 시나고그라고."

"멋있는 이름 아닙니까?"

노두는 가이사의 뻔뻔한 태도에 진력이 났다. 다시 두 눈을 감고 심호흡이라도 해야 하는가 잠깐 망설였지만 밀리는 모습을 계속해서 보일 수 없었다. 결국 노두는 또 한 번 힘겹게 입술을 열어야만 했다.

"내가 사람을 실험한다면 너는 별을 실험하지. 너, 이 별도 행성 시나고그처럼 만들 셈이야? 여러 생명체가 살아 숨 쉬고 있는 별을 완전히 망가뜨려 네게 방해되는 모든 존재들을 죽여버리고 이곳을 되살리겠노라고 자랑스레 떠들고 다닐 셈인 거야?"

21

"우리 종파의 목적은 별의 목소리로 노래하는 자를 돕는 거야. 그리고 그 도움에는 너 같은 사이비를 축출하는 것도 포함되고. 너는 별의 목소리로 노래하는 자가 아니라 그저 별의 파괴자니까."

노두의 목소리는 분노로 가득했다. 당장이라도 가이사에게 덤벼들어 눈을 후벼 파고픈 마음을 억지로 참는 기색이 역력했다. 가이사는 노두의 그런 마음을 이해했다. 노두 역시 가이사처럼 하룻밤 사이에 자신이 알던 대부분의 사람들과 터전을 잃어버린 사람이다. 가이사가 보기에는 노두가, 노두가 보기에는 가이사가 그 일에 책임이 있다고 여기더라도 그 점에서 두 사람은 같은 상처를 공유하고 있었다.

"행성 시나고그라고? 뻔뻔하기도 하지. 그곳은 고엘 정교회의 흔들림이 없는 별이었어. 밤이 긴 별처럼 8우주 평의회의 눈을 피해 우리가 우리로서 자유로울 수 있는 곳이었다고. 우리의 성지 말이야."

"그때는 그랬죠."

"하지만 네가 그 별에 약간의, 아주 약간의 흔들림을 더한 결과 모든 것들이 무너졌는데, 그곳에 살아 있던 모든 생명체와 도시 그리고 연구소가 지각 아래 매장되었는데, 그런데 뭐? 큉들에 의한 행성 개척? 네가 망가뜨린 행성을 네 손으로 고친다고 해봤자 우습기만 하지."

"저 나름의 속죄라고 생각해주세요."

"우리끼리 그런 말은 하지 말자. 너는 그게 죄라고 생각하지 않잖아. 네가 옳다고 생각하잖아."

"물론 제 잘못이 아닌 건 사실이죠. 하지만 그렇게 생각하시는 쪽이 속이 편하실 거라고 생각해서 드린 말씀이에요."

"눈물 나게 고맙다, 그래."

아닌 게 아니라 노두는 정말로 눈물을 글썽이고 있었다. 고마움 때문이 아닌 증오 때문이기는 했지만 더 이상 격한 감정을 숨길 수도, 그럴 의지도 없었다. 가이사는 조심스레 주머니에서 손수건을 꺼내고는 노두에게 건넸다. 그가 진심으로 노두에게 모욕을 줄 생각이었다면 직접 그 눈물을 훔쳤겠지만, 이제 그럴 마음은 들지 않았다.

과거의 일이다. 흔들림이 없는 별에서 그들은 제법 재미있게 지냈다. 운이 없어 감옥에서 빼돌려지거나 사보이들에게 팔려 온 큉들에게 가학적인 환경을 제공하고 비인도적인 실험을 강행하는 즐거운 과학 시간이었다. 노두는 연구를 주도하고 책임지는 주임으로서, 가이사는 일개 연구원 중 하나로서.

그리고 이 즐거운 과학 시간은 소녀의 등장으로 끝이 났다. 소녀에 의해 훌륭한 연구소의 주임은 암살 조직의 노두가 되었고 보잘것없던 연구원은 불세출의 구세주가 된다는 내용의 결말이었다. 이 결말에 모두가 만족하지는 않았다.

"큉이야말로 별이고 큉의 목소리를 듣는 네가 구세주라는, 정말 우리 분파의 이론에 사이비스러운 논리를 더한 너다운 짜깁기에 다니엘이 넘어간 것을 보면 기도 안 차더라. 그 녀석이 네가 교단에, 아니 흔들림이 없는 별에 한 일을 알고도 그러나 모르겠다."

"모르겠죠. 하지만 알아도 달라질 것은 없어요."

"너나 그놈이나 돌았어."

"화풀이는 이쯤만 듣지요. 저도 이제 인내심이 다 떨어진 것 같아서요."

194

가이사는 헛기침을 하고는 자세를 고쳐 앉았다. 다리는 꼬고 턱은 올리고. 아까까지보다도 더 오만하고 위압감이 들도록.

"여러분은 저희의 상품이고 저희의 거래 대상은 고엘 정교회입니다. 거래를 할 거예요. 이 모든 일을 폭로하면 그것도 재밌겠지만 아직은 저희가 그걸 감당할 능력이 안 되거든요. 하지만 이미 여러 곳에 노골적인 암시를 뿌려놓았고, 고엘 정교회 측에 저희의 제안이 받아들여지지 않으면 그중 이곳에 대한 정보가 8우주 여기저기에서 발견이 될 거예요."

"그래서? 우리와 교환하고 싶은 물건은 뭔데?"

"뭐긴요. 돈이라니까요. 또 뭐가 있기는 해요?"

* * *

"이거. 두고 간 물건."

가야는 다니엘에게 동전 하나를 튕겼다. 다니엘은 핑그르르 돌며 허공에 궤적을 그리는 동전을 낚아채고는 곧장 힘을 주어 가루로 만들어버렸다.

"돈 아까운 줄 모르면 천벌 받는다."

"이 동전에 든 정보가 흘러나갔을 때 치러야 할 대가가 이

동전보다는 비쌀걸."

"그건 그래."

가야와 다니엘은 밤이 긴 별의 미궁 입구에서 가이사를 기다리고 있었다. 다니엘은 미궁의 안에 숨어드는 암살자보다는 밖에서 미궁 자체를 없애려 드는 경우가 더 위험하니 전투력 상위의 간부일수록 바깥을 지켜야 한다고 주장했다.

그리고 가야와 다른 간부들은 군말 없이 다니엘의 지시를 따랐다. 누가 뭐라고 해도 유서 깊은 암살 조직을 상대로 한 이중간첩으로서의 역할을 훌륭하게 성공시킨 간부의 조언이었으니 말이다.

"동전에 기억을 옮겨 넣어서 작전을 전한다니. 어쩌다 그렇게 깜찍한 아이디어를 떠올렸대? 시카리가 네 기억을 점검할 때 아주 간단히 빠져나갔겠어."

"그냥 해봤을 뿐이야."

"스승님도 네 아이디어가 앙큼하다며 감탄을 하셨어. 카퍼마저도 그 굳은 머리에서 용케 이런 발상을 떠올렸다고 칭찬했고."

"칭찬은 아닌 것 같은데."

피식, 하고 가야와 다니엘은 동시에 웃음을 터뜨렸다. 언제나 서로에게 신경을 날카롭게 세우던 두 사람이 나누는 대화라고는 누구도 믿지 못할 사사로운 분위기였다. 가야는 이왕 이렇게 밝은 분위기가 된 겸, 대화를 진전시키기로 했다.

"이번 일처럼 큰 사건이 있었으니 앞으로는 비교적 가이사도 암살로부터 자유롭겠지. 다니엘, 네 주가도 간부진 안에서 많이 올라갔을 테고 말이야. 예전부터 말해왔지만 나는 네가 블랭크의 전면에 나서면 좋을 것 같다고 생각해."

"흥. 또 그 소리냐."

다니엘은 가야의 권유에 여전히 시니컬한 태도이기는 하지만 그래도 이전보다는 훨씬 덜 공격적인 모습을 보였다. 가야에게는 용기가 되는 일이었다.

"전에도 말했지만 나는 네가 누구의 편이 되라거나 그런 이야기를 하는 게 아니야. 내가 파벌을 만들 재주가 없다는 건 누구보다도 내가 잘 알아. 나는 아마 죽었다 깨어나도 카퍼처럼 굴지는 못할걸?"

"알아."

"아는 사람이 그렇게 내 조언을 무시하나?"

"너는 그저 가이사의 편이지. 다른 누구도 아닌."

가야는 고개를 갸웃 기울였다. 가이사는 블랭크의 대표고 가야는 블랭크의 소속으로서 가이사를 돕는다. 그러니 가야가 가이사의 편이라는 문장이 자신의 어떤 잘못을 지적하고 있는 것인지 감을 잡지 못했다.

"스승님의 편이기는 하지. 그야 스승님은 블랭크의 지도자고 우리를 가르치는 사람이니까. 하지만 스승님의 편을 든다면서 일을 불공정하게 진행한 적도 없고 부당한 일을 저지른 적도 없어. 블랭크의 간부로서 주어진 일을 했을 뿐이야."

"맞아. 하지만 그게 문제라는 이야기다."

"그래?"

"가이사는 너에게 의지하고 있다. 너는 그의 비서이자 경호원이야. 잠자리의 시중을 들고 깊은 고민을 공유하지. 하지만 나는 네가 그에게 하는 모든 일들에서 어떠한 감정도 느끼지를 못해. 가이사의 편이지만, 그뿐이야. 연인도 신봉자도 가족으로도 보이지 않아."

"그런가?"

"가이사가 네 인생을 수렁으로부터 구해주어서 보답을 하고 있다고? 아마 거짓말이겠지. 은원으로 연결된 사람 사이의 모습이 아니야. 내게는 가이사와 너의 관계가 그저 어떤 사무적인 교류로만 느껴져. 너는 가이사의 편이지만, 누구누구의 편이라는 모호한 표현 외에는 블랭크에서 가장 강한 킹의 입장을 설명할 수 없다는 것이 나는 견딜 수 없다."

"그래서?"

다니엘은 한숨을 쉬었다. 그러고는 한껏 미간을 찌푸리며 이제까지와는 달리 조금 잦아든 목소리로 속삭였다.

"차라리 네가 가이사와 정분이라도 나면 보는 입장에서 차라리 안심이 될 거라는 말이다."

"하, 하하!"

가야는 배를 잡고 웃었다. 정말로, 도무지 이런 내용으로 이어지리라고는 상상도 하지 못했던 대답이었다.

"세상에. 다니엘. 이렇게 크게 웃어서 미안하군. 그래. 그렇게 생각하는 것도 무리는 아니겠지만 맙소사, 정분이라니. 하하!"

"시끄럽다."

가야는 손끝으로 눈가에 고인 눈물마저 닦으며 웃음을 그치려 애를 썼다. 하지만 그 웃음은 제법 오랜 시간이 지나서야 겨우 진정이 되었다.

"다니엘. 나는 가끔 네가 나나 가이사 둘 중 어느 쪽을 질투하는 것인지 헷갈릴 때가 있거든. 늦었지만 지금이라도 어느 쪽이 미운지 확실히 해주면 고맙겠는데."

"어처구니없는 소리를 하기는."

"그래. 가이사를 질투하는 것은 아니겠지. 나는 네 취향이 아니니까. 다니엘, 예상했다시피 나와 가이사는 그런 관계가 아니야. 둘 모두 서로에게 그런 관계를 기대한 적도 없고. 도리어 내가 묻고 싶네. 내가 가이사의 밤 시중을 들 때마다 그렇게 싫은 티를 낼 거면 그 일은 아예 네가 하지 그래? 가서 같이 자달라고 해."

"실없는 소리다."

"왜? 가이사가 가려서 자는 사람도 아니고."

다니엘은 짜증이 북받친 나머지 험악한 눈빛으로 가야를 쏘아보았다. 그리고 이 눈빛 역시 비록 신경질적이기는 할지라도 이전까지와는 달리 적의나 경계심은 담겨 있지 않았다.

"내가 가이사에게 바라는 건 그런 게 아니다. 뭘 받고 싶지도 않고."

"세상에나. 이게 말로만 듣던 순정의 사랑이라는 건가?"

"가야."

"알았어, 알았어. 그렇게 째려보지 좀 마. 이제 그만할 테니까. 너나 나나 이 화제에 대해서는 서로 꺼내지 말도록 하지."

"좋아."

"단지 네 불안을 없애기 위해서라도 네 예상 중 하나는 맞다는 말 정도는 해두지. 그래, 가이사가 수렁에서 날 구하지는 않았어. 그저 목숨을 빚지고 이자를 갚아나가다 엮인 사이일 뿐이지. 하지만 그렇기 때문에 내가 가이사를 배신하거나 하

지는 않을 거야. 그저 언젠가는 우리 사이의 채무 관계가 정리
될지는 모르지만. 그 가능성에 대해서는 나나 가이사 모두 애
초부터 염두에 두고 있어."

22

"가야. 가이사는?"

"다니엘이랑 시찰 중이에요. 아무래도 이 별에 대해서 가장 잘 아는 사람은 다니엘이니까요."

"뭔 일 있어? 자네는 왜 또 기분이 좋아 보이나."

"카퍼는 제가 기분이 좋은 게 신기한가 봐요?"

가야는 밤이 긴 별의 외곽에서 밤하늘을 바라보고 있었다. 잠시나마 쉬는 시간을 가지며 혼자 감상에 젖고 싶은 마음이었지만, 카퍼가 있는 이상 아무래도 오늘의 사색은 여기까지일 것임을 짐작했다.

이런저런 뒤처리가 아직 남아 있기에 노두와 가이사 사이의 회담이 끝났음에도 가이사와 블랭크 간부 몇은 다니엘을 중심으로 밤이 긴 별의 곳곳을 탐색하고 있었다. 모두들 행성 모압에서의 바쁜 일정과 급히 결정된 전투로 파김치가 된 상황이었지만 지금 당장은 행성 시나고그로 돌아갈 수 없었다.

밤이 긴 별은 이제 행성 모압에 이은 그들의 다음 텃밭이 될 것이다. 행성 모압의 귀족들은 안나스 자작과 그 일가의 몰락에서 수혜를 얻기 위해 행성 시나고그에 투자를 쏟게 되었다. 밤이 긴 별의 관리자들은 노두의 작전 실패로 인한 정치적 부담을 지우기 위해 블랭크들을 지원하지 않을 수 없다. 그러니 휴식은 잠시 뒤로 미루더라도 밤이 긴 별에서 그들에게 이득이 될 자료들을 수집하는 것이 우선이었다.

관광이나 다녀오자는 식으로, 되면 좋고 아니면 말고라는 식으로 시작한 여정에서 이렇게나 큰 수확을 얻으리라고는 다른 간부들은 상상도 하지 못했을 것이다. 카퍼는 뒤에서 이 기획을 준비한 한 사람으로서 나름의 뿌듯함을 만끽하는 얼굴이었다.

"행성 시나고그로 돌아가시겠어요? 저는 방금 휴식 시간을 배정받아서 잠깐은 이 별 바깥으로 나갔다 와도 됩니다."

"됐어. 기왕 여기까지 같이 왔는데 나만 먼저 갈 수도 없지. 게다가 자네 휴식 시간이라며."

"의리 때문에 그러실 건 없는데."

"의리 때문도 아니야. 내가 요 몇 년 동안 오죽이나 가야를 부려먹었어야지. 나중에 가야한테 애인이라도 생기면 그 친구, 감히 자기 애인을 이렇게 혹사시켰다고 날 죽이려고 들지 않을까 몰라."

"제 애인씩이나 될 사람이 고작 카퍼 목을 자르는 일이나 하는 사람이겠어요?"

"그럼, 내 모가지는 무사하려나?"

"부하를 시켜서 자르겠죠."

카퍼는 그 뒤룩뒤룩 살찐 고양이와 같은 미소를 지으며 가야의 표정을 살폈다. 제법 오래 알고 지낸 사이임에도 가야는 카퍼가 저렇게 상대방을 팻감 보듯이 훑는 시선에 도무지 적응할 수가 없었다.

평소라면 카퍼는 행성 시나고그로 돌아가서 쉬겠다고 온갖 협잡을 마다하지 않았을 것이다. 더욱이 전투 능력도 없는 카퍼가 굳이 이 별에 남아 있어야 할 이유도 딱히 없다. 그저 카퍼 홀로 행성 모압에 남겨둘 수 없어 밤이 긴 별까지 데려왔을 뿐이었으니까. 그러니 다른 간부들은 카퍼가 집에 가겠다고 투정을 부리면 군말 없이 그의 의견을 존중해주었을 것이다.

하지만 그가 이렇게 험한 전선에 남아 있다면, 그건 그가 또다시 팻감을 굴리고 수를 고민하는 중이기 때문임이 틀림 없다.

"콴. 알아봤어?"

"시장과 관련된 중요 인물이 누구인지 정도만 알아봤어요. 깊이 파고들지는 못했고요."

"자네답지 않게 왜?"

"콴 님이 녹화가 있던 날 두부를 드셨다는 걸 알게 되었거든요. 그래서 잠깐 평정을 잃었죠."

"……뭐? 그걸 왜 지금에서야 말해!"

"데바림의 예언은 빗나가지 않잖아요. 미리 알아도 피할 수 없지요. 그러니 사람들이 불안해할까 봐 일부러 말하지 않았어요. 다행히 이번 전투로 누구도 죽지 않았으니 콴 님이 두부를 드신 이유가 저희 중 누군가 때문은 아닌 것 같네요."

"아니야……. 그건 아직 모르는 일이지."

"카퍼. 콴 님처럼 사회 지도층에 계신 분이 알고 있는 사람이 어디 한둘이겠어요? 최소한 몇천 단위의 인맥은 가지신 분이니 평균적으로 달에 몇 번은 두부를 드실 수밖에 없을 거예요."

카퍼는 고개를 숙이고는 머리를 긁적이며 골똘히 고민에 빠졌다. 가야는 자신이 괜한 이야기를 꺼낸 것은 아닌지 후회가 되었다. 콴이 두부를 먹었다는 것을 눈치챘을 때는 가야도 감정적으로 흔들렸다. 시간이 지난 뒤 데바림의 예언을 갖고 고민하는 일은 비생산적이라는 결론을 내리기는 했지만, 그렇다고 다른 모든 사람들도 그들의 일거수일투족에 흔들리지 않길 바랄 수는 없었다.

"카퍼. 너무 걱정하지는 마세요. 그리고 위험한 임무는 앞으로 가급적이면 저한테 몰아주세요."

"왜?"

"콴 님께서 말씀하시길 제가 행성 모압으로 돌아가게 된다더군요. 거기서 시간을 맞추느냐, 맞추지 못하느냐가 제 인생에 있어 중요한 분기점이라고 하셨어요. 그 분기가 어떤 것인지는 정확히 말씀해주지 않으셨지만, 달리 해석하자면 제가 모압으로 돌아가기 전까지는 죽을 일도 없다는 이야기 아닐까요?"

"과연……."

카퍼는 가야의 이야기에 맞장구는 치지만 대화에는 전혀 집중을 하지 못하는 눈치였다. 가야는 어떻게든 눈앞의 늙은 고양이 같은 친구를 진정시키기 위해 콴에게서 들었던 한마디를 꺼냈다.

"콴 님은 미래를 아는 것, 예언을 듣는 것이 일종의 시련이라고 여기시는 것 같았어요. 그래서 예전에 스승님이 예언을 청했을 때도 거절하셨다더군요. 카퍼, 그러니 예언에 대해서 너무 깊게 생각하지 말아요. 시련을 피한 셈 치세요."

"콴이 말했어?"

"시련요? 정확히 시련이라고 표현하신 것은 아니었는데, 뭐라고 말씀하셨더라……."

"아니, 시련에 대한 이야기가 아니야. 가이사가……."

"아. 네. 콴 님께서 스승님한테 예언을 부탁받았을 때 거절하셨다고요."

카퍼의 안색이 변했다. 가야는 카퍼가 이렇게나 감정을 숨기지 못하는 모습을 보는 일이 처음이었다. 둘은 온갖 사선을 같이 넘나든 동지였다. 그리고 동지로서 바라본 카퍼는 항상 누군가를 골탕 먹일 함정 두셋은 준비해 위풍당당함이 느껴지는 사람이었다.

하지만 이렇게나 사색이 되어 갈피를 잡지 못하는 저 모습은 평소라면 상상도 못 할 노릇이었다. 콴이 가이사에 대해 예언을 하지 않았다는 사실이 그렇게나 놀랄 일은 아닐 것이다. 콴만이 아니라 데바림들은 예언을 부탁받는다고 뱉어내는 자판기 같은 존재들이 아니다. 그들이 그들 나름의 계산속에서 자신들의 예지를 대외적으로 공개한다는 것은 누구나 아는 상식이다.

가야가 콴으로부터 예언을 듣기는 했지만 이는 아마 그들이 그리는 큰 그림의 일부거나 아니면 그들의 그림 바깥의 별 것 아닌 일이기 때문에 들을 수 있던 일이다. 비록 콴은 가야에 대한 답례라고 말을 하기는 했어도 이는 데바림들이 으레 그들의 큰 그림을 가리기 위해 하는 말일 뿐이었다. 가야는 대화의 주제를 잘못 꺼낸 것이 아닌가 당황스럽기까지 했다.

"카퍼. 무슨 문제라도 있습니까?"

"문제?"

"안색이 좋지가 않아요."

"가이사가 예언을 부탁했다니, 그 친구답지 않은 일인 것 같아. 어쩌면 콴이 가이사나 우리 간부 중 누군가가 죽는 미래를 숨기기 위해 거짓말을 한 것은 아닐까?"

"데바림인 콴 님의 기억을 읽을 수야 없으니 진위 여부는 알 수 없지만, 제가 봤을 때 무언가를 억지로 숨기려고 꺼낸 이야기 같지는 않았어요. 카퍼도 괜히 짐작 때문에 너무 마음 쓰시지는 마세요."

"그래. 그렇지?"

카퍼는 어느새 그 특유의 능글맞은 함박웃음을 지어 보였다. 다른 때라면 보기 찝찝한 표정이겠으나 그의 걱정이 사그라들었다 생각하니 가야는 조금이나마 안심이 되었다. 아직도 그의 진짜 고민이 무엇인지는 감이 오지 않았지만 말이다.

"가야."

"네."

"우선 콴이 가야와 한 이야기에 대해서는 다른 사람들에게
는 비밀로 해두자고. 예전이라면 모를까 이제는 가이사도 행
성 하나를 대표하는 인사란 말이야. 그런데 그런 가이사가 풋
내기 시절이었다고는 하더라도 콴에게 예언을 부탁했다는 것
만큼 모양 빠지는 일이 또 어디 있겠어? 그 친구 이미지는 천
상천하에 유아독존이어야 해. 전문 마케터인 내 말을 들으라
고. 알았지?"

가야는 말없이 고개를 끄덕였다. 아마 비밀은 여기에 있으
리라 짐작이 가기는 했어도 추궁할 마음은 들지 않았다. 왜 그
런 것일까, 가야는 스스로에게 자문해보았지만 카퍼가 이렇
게 허겁지겁 연막을 치는데 파고들어가기는 미안한 일이었
다. 무엇보다 가야는 직관적으로 카퍼로부터는 이 질문에 대
한 답을 들을 수 없을 것이며 만약 가야가 억지로 알아낸다고
하더라도 그 결과가 좋지는 않을 것이라 짐작했다.

카퍼는 곧 발길을 돌려 다른 간부들이 있는 곳으로 떠났다.
가야는 다시 밤하늘을 바라보았다. 방금까지의 개운한 마음
은 어느새 사라졌지만 그래도 별들은 여전히 아름답게 빛을
내고 있었다.

23

폰티아 의원은 오랜만에 요정에 들렀지만 젓가락을 제대로 들지 못했다. 고작해야 초선의원인 폰티아 의원으로서는 하늘과도 같은 후견인들과 당의 중진들이 동석한 자리였기 때문이다. 그저 말석에 앉아서 드문드문 그들이 건네는 말들에 호응을 하고 박수를 치는 일 정도가 할 수 있는 일의 전부였다.

더욱이 오늘 테이블 위에 오른 화제는 콴의 냉장고에서 있었던 테러 사건에 대해서였다. 안나스 자작이 목숨을 잃은 지금 행성 모압의 인사들은 열심히 계산기에 이런 숫자와 저런 변수를 넣으며 손익계산을 하느라 바빴다. 그러니 그 사건이 있었던 날 현장의 중심에 있었던 폰티아 의원은 숫제 청문회라도 받는 것처럼 추궁에 가까운 질문 세례를 받아야 했다.

"결국 폰티아 의원님이 이렇게 무사히 돌아오신 것이야말로 가장 큰 복이 아니겠는가? 안나스 자작의 일이야 애석하다만 산 사람은 살아야지."

"감사합니다, 호르도스 남작님."

자그맣고 뚱뚱하고 쾌활한 인상의 호르도스 남작은 키가 크고 삐쩍 마른 폰티아 의원과 대비가 되는 인물이었다. 스킨헤드에 날카로운 눈빛으로 언뜻 강경파로 오인받기 쉬운 폰티아 의원이지만 정작 폰티아 의원 본인이 보기에 진정한 강경파는 호르도스 남작 같은 사람이었다. 언제나 서글서글 웃으며 귀도 얇고 변덕도 심하지만 이득과 쾌락 앞에서 그의 윤리적 기준치는 현저히 낮아졌다.

안나스 자작이 죽은 뒤 폰티아 의원에게 있어 제일 중요한 후견자는 호르도스 남작이었다. 비록 안나스 자작과는 달리 사업이라는 일 대부분에 흥미가 없기는 하지만, 그 흥미가 없다는 사실 덕분에 전체 자산 크기가 아닌 유용 가능한 자산만으로는 안나스 자작보다도 더 훌륭한 물주의 잠재력을 갖추고 있었다.

폰티아 의원은 의원직을 얻은 지금조차도 요정의 높은 천장에 넓은 테이블이 주는 공간감이 싫었다. 대화의 주도권을 누군가가 독점하기 위해 설계된 위압적 공간은 정치인들에게는 그 공간의 주도권을 자신이 갖기 전까지는 신경질이 나는 곳이다.

"어쨌든 의원님이 애를 써주신 덕분에 이제 슬슬 수확을 할 때가 되었지. 잘했네."

"수확이라면, 무슨……."

"그야 행성 시나고그라는 탐나는 과실 말이지."

호르도스 남작은 테이블 위에 놓인 음식들을 게걸스럽게 이것저것 집어 먹으며 눈을 빛냈다. 그의 앞에 놓인 접시마다 음식들이 산처럼 쌓여 있었다. 정치인들이 오가는 요정치고 는 교양 없어 보일 모습이지만, 호르도스 남작은 어딜 가든 자 기 집 안방에서 먹는 야식처럼 음식을 한 번에 산더미처럼 쌓 아놓고 천천히 먹기를 원했다.

그리고 호르도스 남작의 이런 유별난 욕심은 식탐에 국한 된 것이 아니었다. 안나스 자작처럼 이런저런 사업에 관심을 보이고 새로운 판을 벌이는 타입의 자산가는 아니었지만, 일 단 그의 식탁 앞에 잘 차려진 먹잇감들은 음식이든 사업체든 가리지 않고 폭식의 대상이 되었다. 그러니 이제부터는 본격 적인 실익을 논할 시간이다.

그리고 이는 달리 말해 안나스 자작의 죽음과 관련된 행성 시나고그의 블랭크들과 폰티아 의원 사이의 밀약이 당의 중

진들과 후원자들에게 들통이 나지 않고 잘 넘어갔다는 의미이기도 하다. 폰티아 의원은 너무 안심한 티를 내지 않도록 주의하면서 마음속으로 행성 시나고그와 관련해 준비한 기획들을 설명할 준비를 했다.

하지만 폰티아 의원은 호르도스 남작과의 대화에서 어째서인가 위화감을 느꼈다. 분명 행성 시나고그는 이후 그들의 주요 사업 중 하나가 될 것이다. 그런데 이 행성에 대해 수확과 과실이라는 표현은 영 어색하다. 행성 모압에서는 안나스 자작을 제외하고는 그런 강한 어휘를 쓸 만큼 행성 시나고그에 이렇다 할 투자나 지원을 한 사람은 없었다. 호르도스 남작처럼 게으른 귀족이라면 특히나 이 사안과 무관했다.

"자네는 과일을 수확한 적이 있는가? 아니, 귀한 의원님이 허드렛일을 하지야 않으시겠지. 그냥 나무에 꽃이 피고 열매가 맺히면 그걸 따는 모습을 본 적이라도 있는가?"

"있습니다. 지역의 농장을 시찰할 때도 있으니까요."

"농장, 그것도 시찰이면 아마 모르겠지. 이 과실이라는 놈들은 딸 시기를 놓치면 안 되는 물건이야. 농장이면 모를까 자연 속에서는 여물고 여물다 못해 땅에 떨어지고 그 살이 톡 터져 나올 정도로 숙성이 되는 경우가 있거든. 그때는 아주 독할 정도로 썩은 냄새가 나지."

"그렇습니까."

"단내가 과하면 썩은 내가 되는 법이라네."

폰티아 의원은 이제 긴장을 풀어도 되겠다 싶었던 마음을 고쳐 잡았다. 과실이라는 상징 속의 유혹이라는 암시. 폰티아 의원으로서는 블랭크들과 맺은 거래가, 안나스 자작의 죽음과 관련된 비밀을 마음속에 묻겠다는 거래가 들통 난 것이 아닌가 의심하지 않을 수 없었다.

호르도스 남작은 접시 앞에 놓인 회 대여섯 점을 한 젓가락에 집어 입 안에 욱여넣고는 우물우물 씹었다. 음식에 공들인 요리사가 눈물을 흘릴 식습관이다. 그리고 호르도스 남작의 입 안에 들어간 음식들의 양이 꽤나 많았음에도 그가 다음 한마디를 꺼내기까지 걸리는 시간은 결코 길지 않았다.

"수확할 시기를 잊은 과실은 벌레가 파고들고 새가 쪼아 먹으며 땅에 떨어지고는 썩은 내가 진동을 하게 되지. 그러니 우리는 열매가 적당히 여물었다 싶으면 한시라도 빨리 취해야하네. 잠시 눈을 돌린 사이 무슨 일이 일어날지 모르니까."

"말씀하신 교훈, 새겨듣겠습니다."

"그러면 자네가 원하는 액수는 얼마인가?"

폰티아 의원은 대답할 타이밍을 놓치고는 머뭇거리고 말았다. 액수라니. 무엇에 대한 액수란 말인가? 도통 답이 떠오르지 않는 질문이었지만 폰티아 의원은 이 자리에서 눈치가 없다는 비난을 감수할 수는 없었다.

"제가 감히 액수를 정하겠습니까. 호르도스 남작님이 정해주신 대로 받겠습니다."

호르도스 남작은 폰티아 의원의 답변에 흡족한 듯 킬킬거리고는 다시 젓가락을 놀려 음식들을 게걸스레 먹어치웠다.

"좋은 대답이었네. 자네가 얼마를 부르든 내가 준비한 돈이 그보다는 더 많았을 테니까."

폰티아 의원이 승리의 미소를 감추는 사이, 호르도스 남작 옆자리에 앉아 있던 폰티아 의원의 선배 정치가 한 명이 상자 하나를 꺼내 보였다.

"자네는 자네가 나한테 뭘 팔았는지도 모를 테지. 이건 자네에게서 자백을 사려고 주는 게야."

"자백이라 하신다면……."

"당연히 콴의 냉장고 안에서 있었던 일에 대해서지."

"저는 진실만을 말씀드렸습니다."

혀가 매끄럽게 굴러간다. 폰티아 의원도 어쨌든 정치인이다.

"그야 그렇겠지. 사실 아니어도 상관없어. 자네가 진실을 말했고 말고가 무슨 상관인가? 우리 폰티아 의원님도 어느새 경력이 쌓이셨는데 어느 정도 재주도 부리지 못하게 자랐으면 그거야말로 우리 당의 손해지. 그렇지 않은가?"

"호르도스 남작님……."

"자네가 콴의 냉장고 안에서 뭘 봤고 뭘 했든 나는 관심이 없어. 나한테 한 말 중 몇 퍼센트가 실제로 있었던 일인지 아닌지도 분간하고 싶지 않아. 안나스 자작처럼 생각이 많은 양반이라면 모를까 나는 그렇게 속이 좁은 사람이 아니지. 그냥 이 상자를 받는 대가로 자네가 본 걸 내가 결정하겠다는 말이야."

호르도스 남작은 물을 입에 머금고는 양치하듯 부글부글 볼을 움직이다 잔에 뱉었다. 다음 음식을 먹기 전에 입가심을 한 것이다. 호르도스 남작이 막간을 이용해 다시 먹을 준비를 하는 사이 폰티아 의원은 그제야 이 만찬의 의미를 깨달았다. 폰티아 의원은 호르도스 남작을 배신하거나 속일 수 없다. 배신도, 속임수도 모두 누군가가 누군가에게 영향을 끼칠 수 있을 때나 가능한 일이다. 그러나 호르도스 남작과 폰티아 의원 사이에는 그런 종류의 관계망이 일절 존재하지 않았다. 그저 남작이 명령을 하면 의원이 그에 따르는 일방적인 구조일 뿐이다.

폰티아 의원은 짧은 시간 동안 다른 사람들의 눈에 거스르지 않게 어떻게든 현 상황에서 최적의 답이 무엇인지 짜내려고 했다. 길게 고민할 일도 아니었다. 무조건적인 복종. 그것만이 해답이었다. 이 거래의 대가로 블랭크들의 운명이 어떻게 될지는 장담할 수 없었지만, 그 큉들과 자신의 정치적 생명을 저울에 놓고 비교했을 때 어느 쪽으로 기우는지는 너무나 명백한 일이었으니 말이다.

"혹여나 나와의 거래에 손해를 볼까 봐 걱정하는 것은 아니겠지?"

"아닙니다. 그럴 리 없습니다. 분부하신 대로 따르겠습니다."

"좋아. 블랭크인가 하는 것들과 어떤 판을 짜놓았는지는 모르겠지만 그 큉 놈들에 대해서도 너무 걱정하지 말게. 그것들에게는 그것들이 만족할 만한 대가를 줄 예정이니까."

호르도스 남작은 폰티아 의원이 상자를 공손히 받는 모습을 보고는 다시 식사에 매진했다. 주변의 의원이나 귀족들 모두 호르도스 남작의 무엇인지조차 모르는 용단에 찬사를 하고 남작의 의견을 따른 폰티아 의원이 의식이 있는 젊은이라며 추켜세우는, 정보값이라고는 일절 없는 수다로 식사 자리를 채워나갔다.

폰티아 의원은 큰 산을 넘었다는 생각에 안심이 된 나머지 요정에서의 식사가 무슨 맛인지 겨우 느낄 수 있었다. 호르도스 남작이 지원을 공공연히 약조한 이상 당내에서 폰티아 의원의 위치는 향후 몇 년간 상승 가도를 달릴 것이다. 하지만 그럼에도 불구하고 폰티아 의원은 무언가 얹힌 것처럼 찝찝함을 느꼈다. 그것은 바로 행성 시나고그라는 과실이 이토록 탐스럽게 익도록 온 힘을 쏟아부은 블랭크들이 받을 대가는, 도대체 얼마나 클 것인가에 대한 의문이었다.

24

"하하, 이거 보시죠. 카퍼."

"뭔데. 어디서 난 거야?"

"8우주의 귀족들이 저에게 보낸 위문품들이랍니다. 어때
요?"

행성 시나고그로 돌아오고 며칠 뒤, 가이사는 카퍼를 회의
실로 불러 천장까지 쌓인 선물 상자들을 과시했다. 어디까지
나 개척 행성의 거점이라 그렇게 큰 회의실도 아니었지만, 열
몇 명은 들어갈 방 안 빼곡히 선물 상자가 쌓여 있는 모습은
자랑할 만한 광경이었다.

콴의 냉장고에서 있었던 일들이 무엇이었는지는 아직 세간
에 상세히 밝혀지지 않았다. 고엘 정교회와 관련된 무언가가

있더라는 소문 정도는 돌았지만, 기자들이든 블랭크들이든 모두 입단속에 충실했다. 돈이 될 이야기를 너무나 간단히 터뜨려서는 안 된다는 이해의 일치 덕분이었다. 그리고 이 선물 꾸러미들은 그 일치의 대가였다.

무슨 일인지는 몰라도 행성 시나고그의 블랭크들이 강한 카드를 쥐게 되었다는 암시야말로 그들의 위상을 높이기에 충분했다. 하지만 이만한 위문품 양은 가이사도 카퍼도 예상하지 못했다.

"어떤 파벌이야? 안나스 자작 계열은 아닐 거 아냐."

"아무래도 그렇죠. 그쪽은 지금 파벌이 갈라질 것인가 새로운 대표가 나올 것인가 정신이 없을 텐데. 뭣보다 쿵 차별주의자들이 파벌의 주류였으니 우리 측에 예쁘게 보일 생각도 없겠죠."

"그럼 어딘데?"

"호르도스 남작 파벌이에요."

"아하."

카퍼가 의미심장한 웃음을 짓자 가이사는 엄지를 치켜세웠다. 카퍼도 엄지를 치켜세웠다. 두 사람이 준비했던 기획이 잭팟을 터뜨렸음을 확신했기 때문이다.

호르도스 남작이 미끼를 문 것은 둘에게는 무척 반가운 소식이었다. 남작은 고엘 정교회와 사이가 나쁘기로 유명했다. 몇 대째 이어지는 독실한 신자 집안이었지만 그의 아버지가 그에게 종교적 사상을 너무나도 강압적으로 주입하려고 했던 것이 오히려 반발심을 키웠기 때문이다.

세간에서는 고엘 정교회의 옛 전통인 금식기도를 했던 것이 도리어 호르도스 남작의 폭식 버릇을 만들었다는 소문도 돌았다. 이제는 고위 사제들도 지키지 않는 오랜 전통을, 신앙심으로 무장한 아버지가 아들에게 무지막지한 방식으로 강요했다는 것이었다.

그 소문이 진실이든 아니든 호르도스 남작은 아버지가 죽은 이후 고엘 정교회와의 인연을 대부분 끊어버렸다. 오히려 적대적일 정도였다. 그 결과 호르도스 남작의 자산 중 상당수가 이전만큼의 영향력을 잃었고 본인 스스로도 관심을 가진 사업 외에는 욕심을 보이지 않았다. 덕분에 안나스 자작 같은 신진 세력이 행성 모압에서의 영향력을 키울 수 있었던 것이다.

"증거 문서들과 동영상을 팔아치울 제1후보가 등극하셨군."

"안 산다고 해도 팔아야 할걸요."

"확실히 우리가 직접 고엘 정교회를 상대할 수는 없지. 체급 차이가 너무 나는 상대잖아. 하지만 호르도스 남작에게 우리의 무기가 건네지면 그가 반(反)고엘 정교회 세력의 구심점이 될 거야."

가이사는 고개를 끄덕였다. 카퍼가 한 이야기는 새삼스러운 내용이었다. 그는 배시시 웃으며 선물 상자 더미로 다가가 가장 눈에 띄는 포장의 상자 하나를 골라 들어 보였다.

"우선은 이 선물들이 일종의 인사겠지. 허. 이 상자 예쁘장한데. 안에 뭐가 들었을까?"

"무게가 좀 있네요. 금괴?"

"그렇게 싼티 나는 선물을 보낼 리가 있을까. 아마 조각상이거나 그런 걸 거야. 예술 작품의 원래 목적은 이렇게 선물을 빙자한 뒷거래와 탈세용이라고."

"호르도스 남작은 돌려가며 말할 타입은 아니잖아요."

"내기할까?"

"콜."

카퍼와 가이사 두 사람은 시시덕거리면서 고급스럽게 포장된 선물 상자의 무게를 재보기도 하고 살살 굴려 소리를 내보기도 하며 상자 안에 든 물건을 유추했다. 두 남자는 성야제를 맞이한 소년처럼 신이 나서 상자의 포장을 풀어보았다. 그리고 내기의 승자는 둘 중 누구도 아니었다. 상자 안에 든 선물은 그들이 상상하지 못한 종류의 것이었다.

* * *

"폰티아 의원님, 돌아오셨어요?"

"많이 기다리셨습니까?"

"아뇨, 서류 정리를 하고 있었어요. 식사는 잘 하고 오셨나
요?"

"훌륭한 자리였습니다."

폰티아 의원은 아지트로 돌아온 뒤 우선 숨부터 내쉬었다.
이곳은 폰티아 의원이 의원이라는 자격과는 무관하게 두세
다리 건너 지인의 명의로 빌린 사무실이다. 당이든 시민 단체
든 언론이든 피곤한 사람들을 피해 있을 곳으로 마련한 곳이
기도 하다. 그리고 폰티아 의원의 계산은 기가 막히게 맞아떨
어져서, 어느새 이곳이 집보다도 더 익숙한 곳이 되어버렸기
까지 하다.

비서는 붙임성 좋게 폰티아 의원의 겉옷을 받았다. 폰티아
의원 눈으로 보기에는 아직 신입 티를 벗지 못한 비서지만 이
런 눈치 정도는 제법 손에 익은 모양이었다.

"이것도 받아주십시오."

"뭐예요, 의원님?"

"제가 받은 선물입니다. 나중에 분류를 부탁드립니다."

폰티아 의원은 겉옷에 이어 호르도스 남작에게 받은 선물 상자를 건넸다. 비서는 아무 생각 없이 상자를 받으려다 의외의 무게에 그만 잠깐 중심을 잃고 뒤뚱거렸다.

"무겁네요. 안에는 뭐가 들어 있나요?"

"한번 열어보세요."

비서는 폰티아 의원의 피곤한 기색을 보고는 상자 안에 든 물건이 그렇게 좋은 물건은 아니리라 짐작했다. 호르도스 남작을 비롯한 귀족들과 당의 고위급 인사들을 만나고 온 자리이고 또 의미 없는 기념품을 받아온 것일지도 모르니, 홀인원 기념패 같은 것이나 아니기를 빌었다. 그리고 비서가 그 상자 안에서 본 물건은 상상하지 못한 종류의 것이었다.

"이건, 명함인가요?"

"맞습니다. 다음 제 선거를 도와주실 분들에게 받은 명함입니다."

폰티아 의원은 대답을 마친 뒤 바로 소파로 가 파묻힐 정도로 깊게 앉았다. 상자의 물리적 무게 때문이 아닌, 정치적 무게에 짓눌렸기 때문이다. 비서 역시 이 상황을 짐작한 나머지 두 손으로 입을 가리고는 점잖지 못할 환호성을 삼켰다.

상자의 크기는 배구공 하나는 들어갈 정도였다. 그리고 그 상자 안에는 빼곡히 행성 모양의 각계 분야 인사들의 명함이 담겨 있었다. 호르도스 남작의 입김이 닿는 사람들 전부, 혹은 그 이상의 후원자들을 한 번의 만찬을 통해 얻었다. 같은 무게의 금을 선물받더라도 이만큼 값지지는 못할 것이다.

"세상에…… 축하드려요, 의원님! 이렇게나 많은 후원자분들이라면 앞으로 선거를 걱정할 게 아니라 선거가 끝나고 후원자분들께 보낼 당선 인사로 바쁠 걱정을 해야겠어요!"

"감사합니다. 저는 좀 쉬고 싶으니, 다른 비서님들과 상자 속 명함의 정돈을 부탁합니다."

"알겠습니다!"

비서는 미소를 감추지 못하고 들뜬 채 다른 동료들에게 메시지를 돌리기 시작했다. 이런 점에서 아직은 신입 티가 난다는 거야, 하고 폰티아 의원은 한숨을 쉬었다. 호르도스 남작은 바보가 아니다. 정도를 벗어난 후원은 곧 정도를 벗어난 밀약을 암시한다. 폰티아 의원은 호르도스 남작에게 진 이 커다란 빚을 갚기 위해 도대체 어떤 일을 하게 될지 계산조차 서지 않았다.

폰티아 의원은 검지를 굳게 세워 관자놀이를 몇 번 주무른 뒤, 스스로를 위로하려 애를 썼다. 어쨌든 블랭크들이 호르도스 남작에게 받을 선물에 비하면 자신이 받은 선물이야 별 대단한 것도 아니다. 폰티아 의원 자신이야 당이라는 의지되는 집단이 있지만 블랭크들은 무주공산의 개척 행성 하나 말고는 가진 것이 없었다. 자신보다는 그들이 짊어질 무게가 더 클 것이 분명했다.

폰티아 의원은 잠시 동안 눈을 감고 애도의 시간을 가졌다.

* * *

"이건……."

"그렇군."

"카퍼, 조심해요."

카퍼는 손이 떨리는 바람에 선물 상자를 땅에 떨어트릴 뻔했다. 하지만 다행히도 가이사가 그의 뒤를 바로 받친 덕분에 그런 일은 일어나지 않았다. 카퍼는 요동치는 심장 고동 속에서도 이 물건을 무사히 간수했음에 안도의 한숨을 쉬었다.

다른 간부들에게 보이기도 전에 이 선물을 부숴먹는다면 그건 참 부끄러운 노릇일 것이다. 무엇보다 고인에 대한 예의도 아닐 것이고 말이다.

"시메온이군."

"그렇네요."

상자 안에는 가이사의 팬이자 블랭크들을 밀착 취재 하며 안나스 자작과 고엘 정교회의 음모에 대한 자료를 전담했던 기자, 시메온의 잘린 머리가 들어 있었다. 카퍼와 가이사는 천천히 고개를 돌려 회의실에 산더미처럼 쌓인 선물의 탑을 바라보았다. 도대체 이 상자들 안에는 몇 명의 토막 난 시체가 들어 있을 것인가 두 사람은 정신이 혼미해졌다.

이 선물들은 우호의 상징이 아닌 개전을 알리는 나팔 소리였다.

25

"우리를 다 죽이겠다는 이야기겠지요."

"어떻게 말입니까? 우리는 쿼입니다."

"쿼이라고 죽지 않는 것도 아니야."

"한 개인이 움직일 수 있는 사병의 영역에서 저희만 한 화력을 가진 곳은 없습니다. 어차피 상대는 아무리 잘나가는 귀족이라고 해도 호르도스 남작 한 명뿐입니다."

갑론을박에 백가쟁명. 고상하고 우아한 취향이 엿보이도록 포장된 토막 시체들을 확인한 블랭크 간부들은 한자리에 모여 이 상황에 대한 논의를 시작했다. 호르도스 남작이 보낸 선물은 경고나 도발의 차원으로는 볼 수 없었다.

시체들의 신원을 파악한 결과 그들 대부분은 행성 모압에서 블랭크들에게 우호적이거나 일정 이상의 관계를 맺은 언론인 및 시민 단체 활동가임을 알 수 있었다. 호르도스 남작은 행성 모압의 일부를 지우고 있었다.

"언론사에 알려야 해요. 호르도스 남작은 잔인한 학살범이라고요."

"어떻게? 우리가 알고 있는 기자들이 다 죽었는데?"

"위성통신조차 막혔어요. 무슨 수를 쓰고 있는 겁니다."

"자료를 모으자. 간부 중 행성 간 순간이동으로 넘어갈 수 있는 큉들이 필요해."

"소용없을 거예요. 동료들이 죽은 걸 알게 된 기자들이면 자기 몸 사리기 바쁠 거 아녜요."

"아니야. 아무리 겁을 먹더라도 이런 말도 안 되는 학살을 용납할 수 있을 리 없다고. 지금은 폭로할 수 없더라도 언젠가는……."

"그 언젠가가 언제인데? 우리는 이미 죽게 생겼는데? 행성 시나고그의 큉들 다 죽고 나서?"

"우리는 죽지 않아요. 누가 우리를 어떻게 죽이겠어요?"

"게다가 위성이 완전히 해킹된 상황이야. 행성 간 순간이동을 하면 추격자들이 붙어. 평의회의 헬맨들이나 고용된 사보이들을 상대해야 할지도 몰라."

"상대해야죠. 우리 생명줄을 찾으려면 어쩔 수 없습니다. 자료를 모아서 큉 동지들에게 알리고, 시민 단체에 알리고, 언론에 알리고, 호르도스 남작의 적대 세력들에게 알려야 합니다."

"하지만 가이사 님이 주창한 평화주의 노선의 포기가 정치적으로 우리를 더 옭아맬 수도 있어요."

"정당방위잖아요? 가르침에도 정당방위를 배제하진 않았어요."

팡, 팡, 팡. 시원한 파열음이 공간을 메운다. 소리가 난 곳으로 간부들의 시선이 모이자 그곳에는 박수를 치고 양손을 기도하듯 모은 가이사가 있었다. 그는 시메온과 다른 지인들의 시체를 보고 놀란 가슴을 진정시키기 위해 잠시 의무실에서 휴식을 취하고 온 참이었다. 간부들은 모두 그들의 대표를 바라보며 어떤 방향으로든지 지도를 원했다.

"논의는 길게 하지 맙시다. 시간이 촉박하니까요. 그리고 외부의 대응보다는 내부의 안전을 먼저 취하겠습니다. 간부들 기준으로만 생각하면 안 됩니다. 호르도스 남작이 어느 정도의 공세를 펼치든 블랭크 내부 비전투 요원들의 안전이 우선입니다. 일단 세 팀으로 나누어 일을 진행하겠습니다. 다른 업무는 모두 정지합니다. A팀, 행성 시나고그 큉들 중에는 비전투 요원도 많습니다. 이들이 안전하게 있을 피난처를 준비하십시오. B팀, 우리의 무기는 우리의 힘이 아니라 저들의 약점입니다. 고엘 정교회를 비롯해 여태까지 모은 적대 세력의 자료들을 모아주세요. C팀, 물자관리를 부탁합니다. 식량과 연료 위주로. 외부로부터의 공급이 단절될 수 있는 상황을 고려하셔야 합니다. 각 팀 모두 관련 부서를 중심으로 움직입니다. 우선 이 세 팀의 목적이 달성되기 전까지는 외부에 대응은 하지 않습니다. 공격 이전에 수비입니다. 아시겠죠?"

가이사의 차분한 어투는 간부들에게 신뢰감을 주었다. 무엇보다 적극적 공세가 아닌 블랭크 내부의 일반 큉들의 보호가 우선이라고 정해지자 흥분을 가라앉힐 수 있었다. 감당할 수 없는 적으로부터 시선을 돌리는, 일종의 현실도피에 불과한 일이었음을 깨달은 이는 없었다.

그리고 이렇게 알량한 시도들이 언제나 그러하듯 그들의 현실도피 역시 오래가지는 못했다. 이야기가 정리된 직후 가야가 회의실의 문을 박차며 외친 한마디에 이제까지의 전략은 모두 헛것이 되고 말았으니까.

"행성 시나고그가 함선들에 의해 포위되었습니다! 모두 대피하세요!"

* * *

행성 시나고그 주요 거점들의 상공에 수많은 함선들이 나타났다. 그리고 이 함선들은 모두 인공지능으로 움직이는 무인 함선들이었다. 만약 살아 있는 군인들이 모는 함선이었다면 큉들이 몰래 숨어들어 함장이나 조타수 등 핵심이 되는 인물을 죽이기만 해도 정지했을 테지만 이 함선들에는 애초에 인간이 움직이기 위해 설계된 공간조차 없었다.

분노도 적의도 없는 무기질적인 폭력이 행성 시나고그를 점령했다. 행성 시나고그의 큉들은 거대한 자연재해에 마주친 것과 같은 공포를 느꼈다. 저들의 폭력은 지배를 위한 것이 아니었다. 그저 행성 표면에 존재하는 모든 것들을 말끔히 쓸어버리고 새로운 무언가를 다시 쌓기 위한 청소에 불과했다.

몇몇 큉들은 대항도 해보려고 했다. 하지만 아무리 강한 전투 큉이라고 해도 한 개인이 함선 하나, 함대 하나를 감당할 수는 없었다. 솜씨가 뛰어난 큉이었다면 전투기 한 대 정도는 상대할 수 있었을지 모른다. 그러나 규모도 화력도 단위가 다른 함선을 상대로는 어떤 기술도 통하지 않았다.

무엇보다 행성 시나고그는 개척 행성이었다. 그곳에 살고 있는 큉들은 독립된 주권을 가진 시민도 아니었고 목숨을 책임질 귀족을 모시지도 않았다. 그들은 어디까지나 행성 모압에서 주관하는 파견노동자의 신분이었기에 전쟁에 대비한 방공호나 군사기지를 건설할 권한이 없었다. 그저 먹고 자고 일한다는 목적에 맞게 설계된 건물을 허가를 받아 세우는 것이 전부였던 그들에게 이 상황은 보다 가혹했다.

가이사나 블랭크의 간부들 그리고 행성 모압의 의원들에 이르기까지 행성 시나고그에 물리적 폭력이 가해지리라고는 상정하지 못했다. 행성 시나고그에 모인 사람들은 극소수의, 비정기적으로 오가는 이들을 제외하고는 전원 큉이었다. 동일한 숫자의 무력이 부딪힌다면 당연히 큉들이 압도적인 우위를 점할 것이 분명했다. 동일하지 않은 숫자의 무력으로 평의회의 감시를 속이고 행성 시나고그로 숨어드는 것이 불가능했다. 다만 그들이 간과한 것은, 평의회가 스스로를 속일 준비가 되었을 경우였다.

움직이거나 멈추기에는 너무나 막대한 질량. 방어막으로 견디기에는 너무나 압도적인 폭격. 개인이 감내하기에는 너무나 오랜 시간 동안의 공습. 그것도 큉들을 상대한다는 목적에 맞춰진 전략들 앞에서 그들이 할 수 있는 일은 운이 좋게 살아남길 기도하는 일, 단 하나뿐이었다.

도망을 치려고 한 큉들도 있었다. 만약 위성시스템의 통제

권이 행성 모압의 귀족들과 평의회 측에게도 있지 않았다면 몇몇은 성공할 수 있었을지도 모른다. 하지만 행성 시나고그에 거주하는 행성 간 순간이동이 가능한 퀑들은 대부분 행성 시나고그에 입주를 하면서 자발적으로 자신의 능력을 평의회에 등록해야 했고, 위성시스템은 리스트에 등록된 퀑들이 어디로 움직이는지 간단히 조사해 헬맨과 사보이들에게 정보를 전달했다.

행성 시나고그는 일종의 인질극이 벌어지는 곳이었다. 이 인질극에서 인질범은 블랭크들이었고 인질은 행성 시나고그에 투자된 자본들이었다. 만약 블랭크들에게 제재를 가하고 싶다면 우선 그들이 점유하고 있는 주거지, 공장, 농장 등의 생산 시설 및 이 행성에 투자된 자본이라는 인질을 되찾아야만 했다.

하지만 어떤 종류의 인질극과 마찬가지로, 평의회에서 인질을 버리기로 결정을 내린 순간 이 인질극은 더 이상 기능하질 못했다. 호르도스 남작과 평의회는 행성 시나고그를 뭉개버리는 것에서 경제적인 이득을 얻기로 결정했다. 인질은 버림받았고, 인질범들은 무기를 잃었다.

포성이 멈추자 남은 것은 폐허뿐이었다. 폭격은 세 시간 동안 지속되었다. 운 좋게 살아남은 자들도 있었다. 대부분 방어력이 뛰어난 능력을 가진 자들이거나 피해가 덜한 곳으로 숨어든 자들이었다. 이런 생존자들이 있을 것을 생각하면 세 시간 동안의 폭격은 무척 관대한 처사였다. 하지만 그 관대함에는 이유가 있었다.

행성 시나고그의 주요 거점들을 포위한 함선은 운 좋게 살아남은 이들을 위한 안내방송을 송출하기 시작했다. 어떤 개성도 갖지 않은 기계적인 음성의 안내방송이었다. 앞서 쏟아냈던 포성과 마찬가지로 분노도 적의도 없는 무기질적인 안내였다. 다만 그 목소리 안에는 악의의 씨앗이 숨겨져 있었다. 민들레씨처럼 바람을 타고 날아가 누군가의 귀에 뿌리를 내린 순간, 어떤 한 개인을 향한 증오를 싹 틔우는 종의 씨앗이.

―행성 시나고그의 대표, 가이사를 찾습니다. 저희가 지정한 장소로 연행을 부탁드립니다. 여러분들의 목숨을 구할 방법은 가이사를 저희에게 안내하는 일, 단 하나뿐입니다. 다시 한번 안내드립니다. 행성 시나고그의 대표, 가이사를 찾습니다. 저희가 지정한 장소로 연행을 부탁드립니다. 여러분들의 목숨을 구할 방법은 가이사를 저희에게 안내하는 것, 단 하나뿐입니다. 이 방송은 매 정시부터 10분간 지속될 예정이며 그 이후 폭격이 50분간 이어질 예정입니다. 열두 번의 방송 이후부터는 가이사의 연행 여부와는 무관하게 진압 부대가 투입

되어 생존자들을 색출 및 처형할 예정입니다. 여러분들의 목숨을 구할 방법은 가이사를 저희에게 안내하는 것, 단 하나뿐입니다. 행성 시나고그의 대표, 가이사를 찾습니다…….

26

폰티아 의원은 조용히 아지트에 앉아 행성 시나고그 제압 작전의 실시간 영상을 시청하고 있었다. 근래 8우주에서 몇몇 눈치 빠른 이들은 전투 퀸에 대한 수요가 늘어나는 사실에 주목하고 있었다. 어지간한 군사력의 활용권은 이미 평의회가 독점하고 있으니 개인으로서는 훈련된 전투 퀸을 경호단으로 꾸리는 게 무력의 우위를 점할 수 있는 참신한 해결책이라고 할 수 있을 것이다.

행성 시나고그의 블랭크 무리들 또한 자경단이라고는 믿기지 않을 화력을 가진 집단임은 분명하다. 아무리 훈련되고 조직된 사보이들이라도 퀸들만이 살아남을 수 있는 행성에 잠입하여 독특한 방식으로 훈련된 전투 퀸 자경단의 감시를 피해 다른 퀑들을 납치할 엄두는 내지 못할 테지만, 이런 환경적 요인을 제하고서라도 행성 시나고그의 블랭크, 특히 그 간부들의 화력은 어지간한 사보이들은 간단히 제압할 수준이었다.

하지만 아무리 강한 퀑이라도 최첨단 함선들처럼 몇십 시간씩 쉬지 않고 대기권에서 지표면을 향해 폭격을 가할 수는 없고, 그 폭격에 대항할 수도 없다. 그리고 평의회는 마음만 먹으면 이런 물리적 수단을 얼마든지 활용할 수 있다. 군사력은 언제나 빼어난 개인으로부터 제도화된 집단이 갖는 물리적인 우위였다.

"아까워라……."

"그렇습니까?"

"어머, 죄송합니다. 무심코 그만……. 저 많은 건물들이 다 무너지니 조금 허망해서요."

"아닙니다. 생각해보니 글라디스 씨는 가이사의 강연을 들은 적도 있다고 하셨죠."

"그것 때문만은 아니지만요."

폰티아 의원은 고개를 돌려 소파 뒤에서 사무를 보던 비서의 표정을 살폈다. 다행히 가이사의 몰락을 안타까워하는 것 같지는 않았다. 그의 몰락에 방아쇠를 당긴 사람은 다른 누구도 아닌 폰티아 의원 자신이었으니까.

비서의 말이 이해가 가지 않는 것은 아니다. 아무리 개척 도중이라고는 해도 행성 하나의 경제가 소멸하는 순간이다. 이건 전쟁이 아니다. 전쟁은 땅을, 점령을 목표로 한다. 그 도시나 국가의 사람과 자원 그리고 자본을 빼앗아야만 한다. 하지만 지금 행성 시나고그에서 펼쳐지는 폭격은 점령이라는 개념이 아예 배제되어 있었다.

행성 시나고그는 행성 모압의, 폰티아 의원의 미래였다. 약속된 부를 가져다줄 금광이었다. 하지만 윗선에 의해 행성 시나고그를 지우기로 결정한 이상 그 금광은 폐쇄될 수밖에 없었다. 그나마 폰티아 의원은 앞으로의 선거를 보장받았지만 행성 모압으로서는 큰 적자가 나게 생겼다.

'폰티아. 자기는 경제를 몰라.'

호르도스 남작과의 만찬이 끝나고 돌아오는 길, 폰티아 의원이 보좌관 시절 모셨던 선배 의원은 그를 불러 앉혀놓고 이런저런 충고를 던졌다.

'과실이라는 건 말이야. 따 먹는 것도 좋지만 남이 못 먹게 하는 게 더 중요해. 호르도스 남작 정도 되면 돈을 벌 필요가 없어, 사실. 자기도 알잖아? 그이들 숨만 쉬면 통장에 돈 들어오는 거. 이미 묻어놓은 주식 많겠다, 뭐가 오를지 내부 거래로 다 알겠다, 말 그대로 숨만 쉬고 있으면 되는 거야.'

'하지만 그렇다고 행성 시나고그 같은 금광을 파묻는 것이 경제적으로 이득입니까?'

'그런 말이나 하니 자기가 너무 사정을 모른다는 거야. 그이들 생각은 돈을 더 버는 데 있는 게 아니라, 자기들처럼 돈을 버는 사람들의 숫자가 늘지 않도록 막는 데 있다고. 안나스나 호르도스나 행성 시나고그로 돈 벌려면 자기들이 손때 묻히지 않는 게 최선이라는 거 모를 사람 같아? 전혀 아니야. 그 사람들 통이야, 통. 그러니 돈을 벌기보다 돈을 벌 경쟁자의 싹을 치우는 게 중요하다는 걸 알고 있는 거지.'

사다리 걷어차기. 폰티아 의원이 경제통은 아니어도 그 정도의 상식조차 모르지는 않았다. 하지만 그 걷어차는 사다리가 행성 하나가 되리라고는 짐작하지 못했다. 그리고 무엇보다도 이렇게나 많은 무고한 사람들을 죽음으로 몰아넣게 되리라고도.

'그이들이 큉을 얼마나 싫어하는지 알잖아. 은연중에 차별 정책들을 쏟아내고 묵인하는 이유가 뭐겠어? 큉들은 정말 희생양으로 손색없는 존재거든. 특별한 존재야말로 희생양이 되기 좋다고. 큉 능력도 써, 병도 걸리지 않아, 모두가 질투하기 마련인데 언제나 이런 이들이야말로 따돌림의 대상이었지. 폰티아 자기도 학창 시절 때 반에서 뛰어난 재능을 가진

친구가 왕따를 당하는 경우를 본 적이 있지 않아?'

'있습니다.'

'큉에 대한 차별은 귀족들에겐 더할 나위 없는 방벽이야. 사회에 대한 불만을 진짜 그 원인인 귀족에게 쏟아내기는 두려우니 만만한 큉들에게 전가하고 있으니까. 큉들이 사라지면 사람들은 그제야 자신들이 화를 낼 대상이 큉이 아니었다는 걸 깨닫게 될걸?'

'그렇다고 학살을 한다는 것은……'

'그러니까 학살을 하는 거야. 자기. 만약 평범한 벤처기업이 행성 하나를 갖게 된 거라면 이런 일은 없었어. 반대로 특별한 큉이 기업 하나 정도를 갖게 되었어도 이런 일은 없었지. 귀족 양반들 하여튼 촉은 좋아. 큉들이 세력을 갖고 자본을 얻게 되면 더 이상 차별 정책을 유지하기 어렵다는 걸 귀신같이 눈치를 챈 거라고.'

'하지만 그 목표는 애초에 가이사가 오래전부터 밝혀온 꿈이지 않습니까?'

'맞아. 그리고 이제는 곧 현실이 될 것 같은 목표가 되었지. 예전에는 꿈이었을지 몰라도. 자기, 자기가 가이사를 인정하는 마음은 나도 알아. 나도 가이사가 현명하다고 생각해. 8우주의 문제점을 명확히 구체화하고 그걸 뒤엎을 현실적인 방

법을 제시했으니까. 하지만 언제나 현명한 혁명가만큼 죽음과 가깝게 사는 사람도 없는 법이잖아?'

폰티아 의원은 선배 의원의 충고를 곱씹으며 화면을 바라보았다. 어찌 보면 시원하다는 생각이 들 정도로 쏟아지는 폭격의 폭우였다. 말이야 맞는 말이다. 가이사만큼 현명한 혁명가도 없었고, 죽음과 가깝게 사는 사람도 없었다.

* * *

—행성 시나고그의 대표, 가이사를 찾습니다. 저희가 지정한 장소로 연행을 부탁드립니다. 여러분들의 목숨을 구할 방법은 가이사를 저희에게 안내하는 일, 단 하나뿐입니다······.

행성 시나고그의 해저 농장에 숨어 있던 가이사와 간부 스무여 명은 반복되는 방송에 돌아버릴 것만 같았다. 그들이 가장 사랑하고 존경하던 스승을 제물로 바쳐야만 그들이 살아남을 수 있다는 유혹은 그 자체로 그들의 도덕성과 진정성을 의심하는 것처럼 느껴졌다. 그리고 실제로도 그들의 도덕성과 진정성은 의심받을 정도의 수준이었다.

블랭크의 간부들이 몸을 숨긴 이 해저 농장은 아직 건설 도중의 건물이었다. 행성 시나고그에 살고 있는 대부분의 사람들은 그 존재는 알고 있었지만 위치를 정확히 아는 것도 아니었기에 간부들만의 대피처로 딱 알맞았다. 무엇보다 두텁게 쌓인 바닷물이 천연의 방어막이 되어주기에 무차별폭격 속에서도 안전할 수 있었다.

하지만 이곳은 어디까지나 완공되지 않은 만큼 식량도 연료도 모두 부재했다. 순간이동이 가능한 퀑들이 물품을 조달할까도 고민했지만 그 경우 위성에 탐지되어 이 임시 대피소가 발각될 가능성이 컸다. 결국 이들에게는 곳곳에 건물의 골격마저 드러난 이 지저분한 농장 창고에 갇혀서 폭격이 끝나고 탐색용 드론들이 행성 시나고그를 점령하기 시작했을 때 자신들이 발각되지 않기만을 헛되이 기도하는 방법밖에 남아 있지 않았다.

"자네들도 이미 알고 있겠지만."

폭격의 진동 속에서 다들 침묵하던 사이, 맨 처음으로 입을 연 사람은 다른 누구도 아닌 카퍼였다. 가이사를 포함한 간부들은 뭘 알고 있는 것은 아니었지만 카퍼가 묘안을 꺼내기만을 바라며 그에게 시선을 집중했다.

"저 방송은 어디까지나 분열책이야. 생존자들이 있으리라 짐작하고서는 가이사를 갖다 바치자는 편과 바치면 안 된다는 편으로 이간질해 싸움을 붙이려는 거지."

그제야 간부들은 물론 알았다는 듯이, 당연히 그럴 것이라는 듯이 동조하면서 투쟁으로의 결의를 다잡았다. 속내는 알수 없지만 어쨌든 겉으로나마 그들은 다시 뜨거운 투사의 마음으로 돌아갔다.

"행성 시나고그는! 우리의 꿈이야! 8우주에 살고 있는 모든 큉들의 이상향이라고! 여기서만큼은 우리 모두가 자유롭고 차별받지 않으면서 정당한 권리 속에서 살 수 있어! 다들 그렇게 생각하지 않나? 우주가 이렇게 넓고 행성이 이렇게 많은데도 그런 곳이 행성 시나고그 단 한 곳뿐이라는 것이 우습지 않아? 분노할 수밖에 없지 않느냐고! 여기만이 우리의 낙원이야. 여기만이 우리가 살아갈 곳이야! 우리는 행성 시나고그를 지켜야 해!"

카퍼의 갑작스러운 태도에 위축되었던 간부들은 피가 끓어오르는 것을 느꼈다. 그렇게 섬세하게 짜이지도 않은 보잘것없는 연설이었지만 아직 지지 않았다고 스스로를 속이도록 도와주는 계기 정도로는 먹혀들었다.

그리고 무엇보다도 항상 세속적이고 계산을 밝히던 카퍼라는 인물이 이런 이야기를 꺼냈다는 것 역시 의외의 요소로 간부들을 흥분시키는 기폭제가 되었다. 가이사는 이런 군중의 호응에 맞춰 자리에서 일어나 모두의 시선을 한 몸에 받으며 카퍼에게 다가갔다.

"카퍼."

"맞지? 가이사! 자네는 알잖아! 자네가 얼마나 중요한지,
얼마나 필요한지!"

"카퍼."

"알 거 아냐!"

"저는 저들이 부르는 곳으로 가겠습니다."

27

　"가이사, 안 돼, 갈 수 없어. 자네만은 가선 안 돼!"

　카퍼는 숫제 비명이라도 지르는 것처럼 소리치며 가이사의 어깨를 붙잡고 흔들었다. 다른 제자들도 그 모습을 보며 가이사에게 다가가 떠나지 말라고 만류했다. 개중에는 훌쩍이는 이도, 오열하는 이도 있었다. 하지만 그 눈물과 애원으로는 가이사의 결심을 물릴 수 없는 듯이 보였다.

　"이봐, 생각을 해. 생각을 좀 해보라고. 내가 정 때문에 이러는 것이 아니야. 감정적이 되어서 이러는 것이 아니라고. 블랭크 사이에서 가장 중요한 카드는 바로 가이사, 자네야. 여러 가능성을 상정해보자고. 만약 내가 살아남아서 행성 모압이나 어딘가에 가서 행성 시나고그에서 있었던 일을 폭로한다고 했을 때 누가 듣기나 할까? 나, 카퍼라는 쾽에 대해 알고 있는 사람이 몇이나 되겠어? 그저 내 전과기록이나 몇 개 찾아내면 다행이겠지."

"카퍼……."

"하지만 자네는 다르잖아. 자네가 행성 시나고그에서 있었던 학살을 증언해야 해. 우리를 대표하는 자네만이 이 학살을 고발하고 우리 동포들이 흘린 피의 값을 받아낼 수 있어. 오직 자네만이!"

"카퍼, 미안해요."

"가이사!"

카퍼의 눈빛에서는 이제 분노마저 읽혔다. 그의 격정적인 모습을 처음 본 다른 제자들은 굳은 채로 두 사람을 바라볼 수밖에 없었다. 그리고 가이사 역시 흔들림 없는 미소만으로 카퍼의 애원에 답할 뿐이었다. 그의 결심은 단호했다.

"가이사……."

"아무리 그렇다고 해도 우선 제 앞에서 죽어나가는 가족들의 모습을 바라보는 것은…… 그것만은 못 하겠습니다. 만약 그랬다가는 제 안에서 가장 중요한 것이 끝장이 나고 말 테니까요. 저는 저들을, 그리고 우리들을 구해야 합니다."

"네가 가는 것이야말로 우리에 대한 배신이야! 우리가 다 죽어도 너만은 살아야 해!"

"아닙니다. 저만 죽어서 여러분이 살아남아야 합니다. 단순한 산수만 해도 그렇잖아요. 행성 시나고그의 살아남은 모든 사람과 저 한 사람. 어느 쪽이 더 많겠습니까."

"앞으로, 미래에 태어날 모든 8우주의 큉들이 더 많다고!"

"그 아이들은 여러분이 지켜주세요."

가이사는 눈을 감았다. 그러고는 조용히 카퍼의 뒷덜미를 붙잡고는 천천히 그의 이마에 자신의 이마를 맞대었다. 다시 한번 그의 친구를 축복하기 위함이었다. 카퍼 역시 가이사처럼 눈을 감았다.

"카퍼, 저의 가장 영악한 벗."

"시끄럽다."

"저는 이제 떠납니다만 동포들에게는 여전히 카퍼의 잔머리가 필요할 거예요. 그들에게 힘을 빌려주세요."

"시끄럽다고."

"가야⋯⋯. 이쪽으로."

가이사는 카퍼에게 했던 것과 마찬가지로 가야를 불러 이마를 맞대었다. 그러고는 축복의 작별 인사를 이어나갔다. 먼 지투성이의 캄캄한 지하의 밀실은 어느새 성소가 되었다.

"저의 가장 미안한 벗."

"가이사……."

"오늘로 제가 진 빚을 갚은 것으로 여겨주세요. 아직 한참
은 남은 빚이지만 애석하게도 저는 여기까지인가 보군요."

"이제까지 애 많이 쓰셨어요."

가야는 조용히 고개를 끄덕이고는 뒤로 물러났다. 가이사
에게는 인사를 건네야만 할 제자들이 아직 많이 남아 있었기
때문이다. 다른 제자들도 조용히 그들의 스승이 그들에게 내
려주는 축복과 기도를 눈물과 함께 가슴에 새겼다.

짧은 듯 긴 듯 모를 시간 동안 지하 안에는 누군가의 훌쩍
임과 나지막한 가이사의 읊조림만이 울렸다. 대부분의 제자
들은 입으로 가이사가 가지 않기를 애원했지만 동시에 가슴
한편으로는 재앙의 끝이 보이기에, 가이사의 희생을 통해 구
원받았다는 사실에 안도하고 있었다. 어떤 의미로는 가야나
카퍼도 그들과 마찬가지였다. 오직 단 한 사람만이 이 상황에
노골적으로 분노하고 있었을 뿐.

"다니엘……. 저의 가장 충직한 벗."

"저는 축복을 받지 않겠습니다, 스승님."

"그도 나쁘지 않지요. 다니엘은 언제나 저의 가르침이 없이
도 영민하게 처신을 해왔으니."

"아닙니다. 스승님을 지키지 못한 저에게 무슨 자격이 있다

고 축복을 받겠습니까."

"이제까지 다니엘은 저를 수없이 많이 지켜주었지요. 그러니 이번 한 번은 제가 다니엘이 저를 지켜준 것에 보답한다고 여겨주세요. 아쉽게도 제가 다니엘을 지키는 것은 오늘이 처음이자 마지막이겠지만요."

다니엘은 이를 악다문 채로 아무 대답을 하지 않았다. 그로서는 지금 이 자리에 있는 제자들을 다 제치고 가이사와 함께 도망치고 싶은 마음뿐이었다. 하지만 아무리 경우의수를 고민하더라도 평의회의 노골적인 학살 속에서 다른 블랭크 간부들을 따돌리고 가이사를 지켜낼 방법이 떠오르지가 않았다.

무엇보다도 다니엘이 여기서 가이사를 데리고 탈출하더라도, 가이사는 전혀 기뻐하지 않을 것이라 느꼈다. 행성 시나고 그에 모인 수많은 큉들을 버리고 가이사 한 명만을 살린다는 것이 가이사에게 어떤 의미일지, 다니엘은 상상도 하고 싶지 않았다.

곧 가이사는 다니엘을 제외한 모든 제자들에게 축복을 내릴 수 있었다. 모인 제자의 수는 적지 않았지만 그 시간이 그렇게 길지는 않았다. 한시라도 빨리 가이사는 자신의 목을 바쳐 행성 규모의 폭격을 멈출 의무가 있었기 때문이다.

하지만 기도를 마쳤다고 바로 떠날 수는 없었다. 비밀 계좌의 관리, 숨겨둔 부동산, 기밀 서류 등 실무적으로 그들이 공유해야 할 정보가 몇 가지 남았기 때문이었다. 최대한 빠르게 사업적인 이야기를 마친 뒤 가이사는 제자들에게 손을 들어 마지막 명령을 내렸다.

"제가 가겠다고 의사를 밝히면 잠시나마 폭격이 멈출 것입니다. 그리고 포화가 멈춘 그 순간부터 제가 저들이 지정한 곳으로 갈 때까지의 그 짧은 시간이 여러분들이 도망칠 수 있는 유일한 기회이리라 봅니다. 저를 잡고 나면 말을 어떻게 바꿀지 모르니까요. 그러니 여러분들 중 순간이동의 능력 순위에 따라 조를 나누시길 부탁드립니다. 행성 안의 생존자들을 어떻게든 찾아내 이곳으로 모으고, 행성 간 순간이동이 가능한 큉들이 그들을 데리고 8우주 각지로 흩어지십시오. 분명 헬맨들이 여러분을 추격할 것입니다만, 다른 큉들도 아닌 우리 간부들이 작정하고 도주하면 어떻게든 따돌릴 수 있으리라 믿습니다."

가이사는 심호흡을 하고는 다시 작전을 설명했다.

"저는 저들이 지정한 함선으로 갈 것입니다만 이 계획에서 가장 핵심이 되는 것은 순간이동이 가능한 큉입니다. 행성 간 순간이동이 가능한 큉들은 특히 더 중요합니다. 그러니 행성 간 순간이동이 가능한 큉이 아닌 분 중 한 분만 저를 행성 시나고그의 공항으로 데려가주십시오. 그러면 그곳에서 저 혼자 우주선을 타고 궤도에 올라 저들이 지정한 함선으로 가도록 하겠습니다."

보기에 큰 무리는 없어 보이는 지시였다. 제자들 중 하나가 그의 스승을 마지막까지 모시기로 자원했다. 행성 간 순간이동이 가능한 퀑은 해야 할 일이 많았기에 다니엘과 가야는 가이사와 끝까지 함께하지 못했다.

마지막의 마지막 순간임에도, 가이사는 환하게 웃음을 지어 보였다.

"좋아, 이제 별을 구하러 가봅시다!"

* * *

"다니엘, 이봐."

가이사가 해저 농장을 떠난 직후, 카퍼는 은밀하게 다니엘에게 다가가 그의 옷소매를 잡아끌고는 남들이 듣지 못하도록 작게 속삭였다.

"무슨 일이십니까."

"내게 묘안이 있어. 내 계산대로라면 가이사는 살 수 있어."

"……정말입니까?"

"그래. 하지만 다른 사람들에게는 말할 수 없어. 행성 시나고그에 남아 있는 생존자 중 절반은 죽을지도 모르는 작전이니까. 어쩌면 절반 이상이 죽을지도 모르지. 그래서 자네한테만 알려주는 거야. 솜씨 좋은 하이퍼 큉이 필수불가결한 작전이고 입이 무거우면서 가이사를 어떻게든 살릴 녀석이 필요하니까. 이봐. 많은 사람이 죽을 수는 있더라도 내 계획이면 가이사도 살리고, 결코 적지 않은 수의 생존자들도 살아남을 수 있는 작전이야. 도와주겠어?"

"알겠습니다."

"좋아, 그럴 줄 알았어! 시간이 없어. 우선은 가면서 설명하지."

28

　먼지투성이에 습한 복도를 달리며 다니엘은 기시감을 느꼈다. 이렇게 깊은 지하에 위치한 건물인데도 상태가 이런 것을 보면 아마 오래전에 자동관리 시스템만으로 유지가 되지 않을 정도로 충격을 입을 일이 있었으리라 짐작이 되었다.

　카퍼는 다니엘에게 자신의 기억을 읽힌 뒤 그 기억의 장소로 데려가달라고 지시했다. 그리고 그 장소에는 가이사의 목숨을 구하고 평의회의 우주 함대가 행성 시나고그에 쏟아내고 있는 폭격을 멈출 무언가가 있다고 했다. 그 장소는 행성 시나고그 어딘가의, 다니엘이 전혀 알지 못하는 건축물이었다.

　다니엘은 간부였다. 도시 설비 담당자는 아니었지만 주요 시설의 위치는 대부분 숙지하고 있었다. 하지만 이 건축물은 그 존재도 알지 못했고 위치조차 낯설었다. 그리고 카퍼는 이 건물을 익숙하다는 듯 안내하고 있었다. 보안설비 때문에 바로 순간이동을 하지 못하기는 했지만 때로는 출입 카드를 사용하고 때로는 다니엘에게 부탁해 문을 부수거나 하면서 카퍼는 이 건물의 주인이라도 되는 것처럼 한 번의 헤맴도 없이 그 내부로 향했다.

"카퍼, 이곳은 도대체 무슨 건물입니까? 그리고 먼저 스승님을 만나뵙고 떠나지 않으시도록 말려야 하지 않습니까?"

"여기는 행성 시나고그가 다른 이름으로 불리던 시절의 건물이야. 별의 자전 속도에 문제가 생겨서 당시 건물들이 다 박살이 났고 그 흔적도 대부분 가야가 없앴지만 만약을 대비해 하나 남겨놓은 곳이지."

"다른 이름으로 불리던 시절이라니, 무슨 말씀이십니까?"

"그런 게 있어. 그리고 가이사가 가지 못하도록 말려야 하는 게 급하다는 걸 내가 모르는 건 아닌데, 일단 나를 믿고 따라와. 이 장소 깊숙한 곳에 감춰진 그것 하나면 행성 시나고그의 사람들과 블랭크의 지도자인 가이사 모두를 구할 수 있으니까."

"하지만 시간이……."

"얼마 남지 않았으니까 더 서둘러야지. 가이사가 대기권까지 올라갈 셔틀에 타서 목적지를 설정하고 항모에 도착하는 데 걸릴 시간을 생각하면 아직 여유는 있어. 가이사를 만났다가 다시 여기로 오면 너무 늦는다고. 이래야 순서가 맞아."

카퍼는 거기까지 말을 마친 뒤 입을 다물고 달리는 데 집중했다. 다니엘이야 훈련받은 전투 큄이지만 카퍼는 그렇지 않다 보니 긴장과 피로로 숨이 차는 모양이었다. 다니엘은 묻고 싶은 것들이 많았지만 카퍼의 예사롭지 않은 태도에 더 이상 추궁을 하지 못했다.

두 사람은 계속해서 어두운 건물 안을 달리다 이내 커다랗고 두꺼운 철문을 마주했다. 격납고 같았다. 이 시설의 보안이 엄중한 편임은 이미 알고 있었지만 눈앞의 철문의 크기와 두께를 보아하니 그 안에 든 것이 무척 중요한 물건임을 짐작할수 있었다. 카퍼는 몇 번이고 인식기에 카드를 갖다 대었지만문은 열리지 않았다.

"이 카드로는 안 되는군. 다니엘, 부숴줘. 하지만 조심해서부숴야 해. 무턱대고 세게 힘을 주었다가 저 안에 든 물건이형체도 없이 사라질 테고 그러면 모든 게 엉망진창이 되고 말테니까."

"알겠습니다. 뒤로 물러나 계십시오."

"부탁해."

철통같은 보안을 뚫고 흔적을 남기지 않으며 안에 들어가는 일은 암살자 출신인 다니엘에게 있어선 전문이나 다름없었다. 게다가 큰 힘을 주지 않고 철문을 해체하는 것 정도야 훨씬 쉬운 작업이었다. 다니엘이 살짝 힘을 쓰자 커다란 철문은 간단히 녹아버렸다.

다니엘은 안에 무엇이 숨겨져 있든 한시라도 바삐 물건을 챙겨다 가이사를 만나러 갈 수 있도록 마음속으로 준비를 단단히 했다. 철문이 녹아내리며 나오는 열기가 한참을 달리느라 데워진 몸에 더해지자 땀이 흐르기 시작했다.

철문에는 곧 사람이 지나갈 만한 크기의 구멍이 생겼다. 구멍 너머로는 다양한 종류의 탈것들이 있었다. 그리고 대부분의 탈것들이 탈출정으로 보였다. 여기저기 낡은 모습이나 디자인의 특징으로 보아 오래전에 제작된 물건들 같았다. 대기권에서 무차별폭격이 이어지는 현 상황에 이런 탈출정들이야 귀한 것이 맞지만 판세를 뒤엎을 수는 없다. 다니엘은 카퍼를 추궁하기 위해 고개를 돌리려다 탈출정들 사이에서 놀랄 만한 무언가를 발견했다.

그곳에는 총을 들고 있는 가이사와 몸에 구멍이 뚫린 시체가 있었다. 그 시체는 가이사를 마지막까지 모시겠다며 자처한 간부의 시체로 보였다.

"이봐, 다니엘!"

"카퍼…… 도대체 무슨…… 아니……."

"가만히 있어. 움직이지 말라고."

다니엘은 숨이 막힘과 동시에 입이 닫혀 벌려지지 않음을 깨달았다. 그저 두 눈만 가까스로 움직일 수 있었다. 카퍼가 자신에게 최면을 걸었음을 깨달았지만 상황을 되돌릴 방법은 없었다. 아예 기절하지는 않도록 안간힘을 다하며 이성의 끈을 놓지 않길 기도할 뿐이었다. 카퍼는 깊은 한숨을 내쉬면서 변명을 이어나갔다.

"격납고 안에 있는 것만이 행성 시나고그를 구할 수 있다고 했잖아. 이 파국에서 가이사가 아니면 그 무엇이, 그 누가 행성 시나고그를 구할 수 있겠어?"

* * *

"이 거렁뱅이 자식, 감히 이 별의 퀑들을 다 죽게 내버려두고 혼자 도망치려고 해?!"

"하, 카퍼! 아까까지는 나만큼은 살아남아야 한다면서요?"

"그야 너만 죽으면 몇몇이라도 살아남을 수 있으니까 네 입에서 너 혼자 희생하겠다는 소리가 나오도록 몰아간 거지!"

"압니다, 알아요! 당신의 그런 심보가 역겨워서 더더욱 나 혼자라도 살아남으려고 했습니다. 알겠습니까? 내가 이렇게 도망치려고 한 것은 다 카퍼 때문이라고요!"

"입만 살아가지고는 아주 웃기고 있네, 이 개자식이!"

다니엘이 아직 상황을 받아들이지 못하고 최면에서 풀려나지 못한 사이, 카퍼와 가이사는 서로에게 고함을 지르며 비난하기 시작했다. 그리고 그 말다툼은 이내 몸싸움으로 번질 기세였다. 평소 두 사람이 보인 모습과는 영 딴판이었다.

"오지 마, 다가오면 쏠 거야!"

"가이사……. 그 총 네 머리에 겨눠."

"하, 카퍼의 최면은 눈만 마주치지 않으면 먹히지 않는다는 것을 제가 안다는 것 몰랐습니까?"

"니가 총을 쏘려면 눈을 떠야 한다는 것도 모른다는 것은 알겠다, 이 새끼야!"

가이사가 눈을 잠깐 감은 사이 카퍼는 그에게 뛰어들어 멱살을 붙잡았다. 눈을 감은 남자와 늙어서 힘이 없는 남자 사이의 볼품없는 몸싸움이 이어졌다. 다니엘은 이 별에 살고 있는 사람들이 전부 죽게 생긴 와중에 다 큰 성인 남성 둘이서 아등바등 서로에게 주먹질을 하는 모습에 질색을 했다.

다니엘은 이를 악물고 어떻게든 카퍼가 건 최면에서 벗어나 상황에 개입해보고자 했지만 느리게나마 입은 벌려도 도무지 목 아래부터는 움직이지 못했다. 카퍼가 건 최면은 지각 능력도 빼앗지 않았고 그 명령도 단순했지만 그렇기에 그만큼 더 풀기가 어려웠다.

"다니엘! 자네도 봐서 알겠지만 가이사, 이 쥐새끼는 지금 자기를 믿어준 사람들을 배신한 뒤 혼자 비밀리에 숨겨둔 탈출정을 타고 도망치려 했어. 게다가 셔틀까지 데려다준 간부를 죽인 배은망덕한 살인자야! 돈만 밝히는 사기꾼이지. 그러니 곧 이따 내 최면에서 깨어나도 이 녀석을 구할 생각 따위는 하지 말라고!"

"아니에요, 다니엘! 여기에는 다 사정이 있어요. 믿어주세요!"

카퍼와 가이사는 다니엘이 최면으로부터 풀려나기 위해 끙끙거리는 소리를 내자 그쪽으로 고개를 돌려 자신의 정당함을 증명하려 했다. 하지만 당분간은 다니엘이 자유롭게 움직이지 못할 것 같아 보이자 두 사람은 이내 다시 몸싸움에 집중했다. 아무리 가이사가 눈을 감고 카퍼를 상대했어도, 둘 사이의 체격과 근력의 차이가 상당했기에 가이사는 어떻게든 카퍼를 저 멀리로 떼어낼 수 있었다.

"카퍼! 이러지 맙시다. 우리 같이 도망치면 되잖아요?"

"비열한 놈, 네가 도망치면 행성 시나고그 퀑들이 다 죽는데 나더러 그 꼴을 보라고?"

"언제부터 그렇게 다른 사람에게 헌신적이었다고 그러십니까?"

"블랭크를 조직했을 때부터 그랬다!"

가이사는 여전히 카퍼의 최면에 걸려들지 않으려고 눈을 뜨지 않았으나 청각에 집중해 그의 목소리가 들리는 방향을 찾았다. 카퍼는 가이사가 눈을 감고는 있었지만 총을 들고 있으니 무턱대고 덤벼들지 못해 서로가 전전긍긍한 상황이었다.

"카퍼. 당신도 저와 함께 콴의 예언을 들었지 않습니까? 비록 블랭크들의 현 상황이 이렇게 위태롭기는 하지만 곧 예언대로 흘러갈 거예요. 콴이 저더러 콴의 냉장고의 주인이 될 거고, 8우주의 퀑들을 규합해 수많은 행성을 지배하게 될 거라고 그랬잖아요! 그가 예언한 마왕의 정체가 저라면서요! 일단 제가 살아만 있으면 그 기회는 올 겁니다. 데바림의 예언은 빗나가지 않잖아요!"

"그래, 예언……. 그 예언이 있었지. 맞아, 하하."

카퍼가 맥이 빠진 듯 웃음을 터뜨리는 사이 다니엘은 가이사가 꺼낸 이야기에 깜짝 놀라고 말았다. 콴이 콴의 냉장고와 그 후계에 대한 예언을 남겼다는 소문은 익히 들어 알고 있었다. 하지만 그 예언의 주인공이 가이사라는 것은 처음 듣는 일이었다.

"이봐, 다니엘. 우습지 않나? 우리 블랭크들의 우두머리가, 스승이 언제나 그렇게 자신감이 넘쳐흘렀던 것……. 야망과 포부와 확신으로 제자들을 한곳에 모을 수 있었던 것……. 그게 정작 그에게 신념이나 계산이 있었기 때문이 아니라 늙은 데바림의 헛소리 덕분이었다니 말이야."

"그리고 카퍼같이 신념과 계산이 있는 사람이 제 옆에서 저를 도운 덕분도 있지요. 카퍼, 같이 갑시다. 제가 마왕이 되어서 8우주의 퀑들을 구원할 테니 당신이 도와주세요."

"그거 거짓말이야, 이 멍청아."

"……네?"

"콴이 너에게 한 예언이 거짓말이라고. 아니, 좀 더 정확히 말해야겠군. 콴이 거짓말을 했다는 건 아니야. 내가 콴에게 최면을 걸었지. 네가 하도 뭉그적거리니까 네 엉덩이를 걷어차줄 겸 콴의 목소리를 빌려 네가 다 잘될 거라는 예언을 하도록. 그런데 이것 보게나, 하하. 그저 이기적인 독재자 지망생, 별의 살인자만 낳고 말았어……."

가이사는 놀란 눈으로 카퍼를 노려보았다. 카퍼는 가이사에게 최면을 걸 절호의 기회임을 알아차리지 못하고 실소만

지을 뿐이었다.

　"거짓말이야⋯⋯."

　"가이사, 미안하네."

　"거짓말이야!"

　비명과 같은 외침 뒤에 총성이 울려 퍼졌다.

29

"그래······. 카퍼가 그랬다는 말이지?"

가야는 컵 안에 든 수프를 천천히 들이켰다. 다니엘은 이제까지 있었던 일들을 설명하는 것만으로도 기진맥진한 모습이었다. 설명하고 묘사함으로써 이제까지 그가 믿어온 것들을 다시 한번 부정하는 고통을 겪어야만 했기 때문이다. 가야는 그때 있었던 일들을 처음 듣는 것이었지만 아마 일이 그렇게 진행되지 않았을까 미리 짐작하고 있었기에 도리어 별 충격을 받지 않은 모양이었다.

다니엘은 돌무더기 위에 주저앉아 무너진 벽에 등을 기대고는 가야를 올려다보았다. 카퍼의 폭로는 다니엘에게는 충격이었지만 가야에게는 이미 그들과 공유했던 과거의 일부였다. 얼마 전까지 그 관계성을 질투하고 탐냈던 다니엘이었지만 이제는 어째서 자신이 가이사에게 다가가는 것을 가야가 경계했는지 깨달았기에 더 이상 꺼낼 말이 없었다.

"고생 많았다, 다니엘. 유감이야."

"그저 내가 어리석었을 뿐인 일이다. 진짜 고생은 이제부터 겠지."

가야는 어깨를 한번 으쓱하고는 지평선을 바라보았다. 폭격이 지나간 행성 시나고그는 그저 문명의 잔해만 남아 있어 저 멀리의 넓은 지평선이 한눈에 들어왔다. 사라진 자원들과 밑에 깔린 시체들을 생각하면 허망하고 잔인한 풍경이지만 어떤 의미로는 상쾌함마저 느껴질 정도로 완벽하게 박살이 난 모습이었다.

다니엘의 지적은 틀리지 않다. 그날 이후, 행성 시나고그는 황무지의 별이 되었다. 가이사의 시체가 탈출정에 태워져서 평의회의 함대에 도달할 때까지, 그리고 그 시체의 신원이 확인이 될 때까지의 아주 짧은 시간만이 행성 시나고그의 큉들이 목숨을 부지한 채로 도망을 칠 수 있는 유일한 기회였다. 그 이전이나 그 이후에 행성 시나고그 밖으로 떠난 자들은 모두 헬맨이나 사보이들의 먹잇감이 되어 사라졌다. 그리고 도망자들에겐 아직 지금까지 겪은 이상의 고생이 남아 있었다.

"다른 생존자들은?"

"여기저기 있어. 다들 떨어져 있어서 다 설명하긴 어렵네."

"하지 않아도 돼. 어차피 다시 볼 일은 없을 테니까."

격납고에서 있었던 카퍼와 가이사의 실랑이는 결국 가이사의 죽음으로 끝이 났다. 가이사가 눈을 뜬 순간 카퍼는 최면을 걸었고, 가이사가 쥔 총의 총구는 카퍼가 아닌 가이사 자신의 미간을 향했다. 그리고 그 일련의 과정을 다니엘은 그저 선 채로 지켜볼 수밖에 없었다. 이제 와서는 그때 다니엘이 움직이지 못한 이유가 카퍼의 최면 탓인지 가이사에 대한 실망 탓인지 구분이 가지 않을 정도로 어렴풋한 기억이다.

카퍼는 가이사를 죽인 뒤 그의 시체를 탈출정에 넣고 우주 항모로 보냈다. 그리고 다른 탈출정에 올라타 다른 행성으로 떠났다. 다니엘은 곧 최면에서 풀려나 다른 큉들의 탈출을 도왔다. 가야는 감시 위성이 있는 곳으로 이동한 후 센서를 조작해 헬맨과 사보이들의 추적을 막았다.

그 끔찍한 날로부터 며칠이 지난 뒤, 가야와 다니엘은 생존자들을 위한 자금을 얻기 위해 다시 한번 행성 시나고그로 돌아와 잔해 속에서 돈이 될 만한 것들을 찾아야 했다. 두 사람은 기나긴 작업을 잠시 멈추고 숨을 돌리며 그날 있었던 일들을 겨우 이렇게 입 밖으로 꺼낼 수 있었다.

"얼마 전에 콴 님을 행성 모압으로 모셔다드릴 때 콴 님이 가이사가 자꾸 예언에 대한 이야기를 해달라고 해서 의아하다는 말씀을 하셨어. 카퍼의 말이 맞다면, 정말로 카퍼가 콴 님에게 최면을 걸어서 가이사에게 헛바람을 넣었다면 가이사가 그렇게 콴 님에게 집착한 것도 이제는 이해가 가네. 카퍼는 이제 어쩔 거래?"

"어떻게든 다시 블랭크들을 모을 거라더군."

"그래, 그렇겠지. 애초에 가이사의 가르침 중 적지 않은 수가 카퍼가 떠올린 아이디어였으니까. 우리 중에 블랭크들을 위한 사명심이 가장 깊었던 것은 의외로 카퍼였을 거야."

가야는 말을 마치고는 다시 수프를 들이켰다. 가야와 다니엘은 이제까지 행성 시나고그의 곳곳을 헤집었지만 앞으로 수색할 곳이 훨씬 더 많이 남아 있었다. 먹을 것을 잔뜩 먹고 에너지를 보충해야 했다. 반면 다니엘은 가야와는 달리 아무것도 먹지 않은 채 얼굴을 잔뜩 찌푸리고는 앉은 그대로 주변을 노려보고 있을 뿐이었다.

"도대체 블랭크라는 조직은 뭐였던 거야? 너나 가이사 그리고 카퍼는 뭐 하는 인간들이었던 거고?"

"이곳은, 행성 시나고그는……."

가야는 오래전 일을 떠올리기 위해 잠시 단어를 골라야 했다. 잊어버릴 수 없는 나날이었더라도 긴 시간 동안 다른 사람에게 비밀로 했던 과거였기 때문이다.

"고엘 정교회 분파의 연구소였어. 네가 속했던 밤이 긴 별의 연구자 버전이라고나 할까? 수많은 큉들이 쥐나 토끼처럼 실험용으로 수술대에 올랐어. 가이사는 그곳의 연구자 중 하나였지. 그때도 실험체인 큉들을 꼬시기도 하고 허풍도 치면서 시간을 보냈고."

"행성 시나고그가? 하지만 이 별에 연구소가 있다면 왜 그 흔적조차 보이지 않는 거지?"

"자전축이 흔들릴 정도의 충격이 가해졌거든. 연구소에서 있던 비인도적인 실험이 발각될 경우를 피하기 위해 이 별에는 자전 정지기가 설치되어 있었지. 가이사가 그 장치를 움직인 덕분에 지표상의 모든 건축물이 사라졌어. 얼마 남지 않은 흔적들은 내가 다 없앴고."

다니엘은 고개를 돌려 가야의 낯빛을 살폈다. 하지만 어떠한 감정도 엿볼 수 없었다. 그저 이제까지 부서진 건물의 잔해를 치우느라 남은 피로 정도만이 읽혔다. 다니엘은 어쩌면 가야의 이 무감각한 태도는 이미 한 번 별이 붕괴하는 과정을 지켜본 사람으로서의 면역력 때문일지도 모른다고 짐작했다.

"알 것 같군. 그런 비밀 연구소는 흔적을 절대로 남기지 않으려고 하니까."

"자전축은 엉망이 되었고 그 충격을 이기지 못해 모든 생명체가 죽었어. 덕분에 연구소에서 보관하던 바이러스들이 그 시체들을 양분으로 삼아 진화했지. 행성 시나고그가 퀑이 아니면 견딜 수 없는 불모지가 된 배후에는 그런 일들이 있었어. 고엘 정교회 측에서 가이사를 증오하는 게 무리도 아니지."

"가이사는 왜 자전 정지기를 작동시켰지? 실험 대상이었던 퀑들을 구하기 위해?"

"설마. 그냥 실수였어. 이제 와서 생각해보면 그 실수에 카퍼가 개입되었을지도 모르겠다는 의심은 드네. 어쨌든 나는 무너지던 연구소에서 도망친 뒤 친구들의 복수를 위해 가이사를 죽이려고 했고, 가이사는 내게 엎드려 빌며 목숨을 구걸했어. 자신 때문에 죽은 사람들보다 많은 사람을 살리겠다고 맹세를 했지."

가야는 컵에 남은 수프를 마지막까지 삼켰다. 가이사와 함께했던 그 기나긴 나날을 두 문장으로 요약을 하니 참으로 보잘것없는 사이였던 것이 아닌가 회한이 들었다. 당시의 복잡했던 상황과 맥락을 다니엘에게 밝힐 필요는 없었기 때문에 생략을 하긴 했지만, 결국 두 사람의 관계를 가장 압축적으로 말하면 생명의 채무 관계였을 뿐이었다.

"네가 본 것이 가이사의 전부는 아니야. 하지만 내가 말한 것이 가이사의 전부도 아니야. 가이사는 죄책감을 지우기 위해서라도 겉핥기로나마 성자가 되는 길을 골랐어. 어느 순간부터 그 업보를 어떤 운명적 필연으로 여겼을지는 모르겠지만, 그래도 그 사람이 한 모든 일들을 지울 수는 없을 거야."

"알고 있다."

다니엘은 가야의 위로에 무덤덤하게 대꾸했다. 가야는 다니엘이 가이사를 사랑한 만큼이나 그의 과거를 들었을 때 감정적 동요를 하리라 짐작했었다. 하지만 가야로서는 만약의 경우 뺨 한 번은 맞을 각오를 하고 꺼낸 이야기임에도 다니엘은 이미 짐작을 하고 있었다는 듯 묵묵히 이야기를 들었다.

"내가 속했던 암살 조직 시카리는 별의 목소리를 들은 이의 날붙이가 되기 위해 훈련을 한다."

"밤이 긴 별의 자료에서 살짝은 봤어. 자세히는 모르지만 특수한 상황에서 가끔 생겨나는 경우라며?"

"별의 목소리를 들은 이는 남들과는 차원이 다른 수준의 인지와 사고를 하게 되지. 하지만 그들은 동시에 자신의 욕망을 품지 못한다고 전해진다. 그렇기에 별이라는 형태로 발현된 신을 인간과 매개할 수 있는 것이라고 하더군. 텅 빈 그릇이 되는 거야."

"재미없는 일이군. 힘을 얻어도 쓸 곳이 없다면 무슨 의미가 있겠어?"

"그를 따르는 사람에게는 의미가 있지. 별의 목소리를 들은 이들은 천국을 품은 사람에게는 천국을, 지옥을 품은 사람에게는 지옥을 돌려준다."

다니엘은 자리에서 일어나 툭툭 먼지를 털었다. 쉴 만큼 쉬었는지 다시 일을 할 채비를 갖추면서 설명을 이어나갔다.

"우상의 존재 의의는 바로 거기에 있다. 신을 비추는 거울이라고 여겨지지만 실상 그가 비추는 것은 바로 인간 스스로일 뿐이지."

"앵무새처럼 상대방이 말한 것을 되돌려주는, 의미를 알지 못하는 말을 되풀이하는, 고작 그런 일이 우상의 존재 의의야?"

"그래. 그것이야말로 신앙의 본질이야. 어때. 누군가 떠오르는 사람이 있지 않나?"

가야의 단평에 다니엘은 고개를 끄덕이며 마지막 질문을 던졌다. 그리고 그 순간 다니엘의 지적 그대로 가야의 머릿속에는 분명 떠오르는 사람이 하나 있었다.

"나는 가이사의 쿵 기술이 희귀하다는 것은 알았지만 그것을 별의 목소리를 들은 이의 권능으로 착각하지도 않았다. 그리고 내가 그를 따르는 데는 아무런 모순도 없었다. 가이사가

271

별의 목소리를 들었든 듣지 않았든 그는 이미 정확하게 신과 인간의 매개로 작용하고 있었으니까."

"모범적인 광신도군."

"부정은 않겠다."

다니엘은 몸을 돌려 가야의 눈을 마주 보았다. 가야는 이렇게 다니엘과 정면으로 바라보는 것이 얼마만인지 계산도 되지 않았다.

"나 역시 카퍼와 마찬가지로 가이사를 이용한 많은 사람들 중 하나일지도 모르겠다. 아니, 이용한 것이 맞을 거야. 평화와 공존을 주장하며 사랑을 설파하는 와중에도 그 뒤에서는 파괴와 갈등 그리고 증오를 뿌리도록. 큉들에게 분노를 심도록."

"그게 너의 믿음이었군."

"모범적인 광신도니까."

둘은 그만 웃고 말았다. 행복한 것도 즐거운 것도 아닌 쓴맛이 가득한 웃음이었지만 서로를 향해서는 꽤나 오랜만에 지어본 미소였다. 다니엘은 한곳에 쌓아놓은, 재활용이나 판매가 가능할 물품들을 전송한 뒤 자리를 뜰 채비를 했다.

그가 가야와 함께 이 임무를 맡은 목적은 블랭크의 자구책을 마련하기 위함도 있었지만 가이사에 대한 옛이야기를 듣기 위함이 가장 컸다. 그러니 목적을 달성한 이상 굳이 이 자리에 남아 있을 이유도 없었다.

"나는 이제 남반구의 잔해들을 파헤치러 간다. 거기서 발견한 것들을 다른 생존자들에게 보내면 블랭크 간부로서의 내일은 끝이겠지."

"난 좀 더 북반구에 있을 거야. 그렇다면 앞으로 또 만날 일은 없겠군."

"그러기를 빈다. 너는 앞으로 어쩔 예정이지?"

가야는 다니엘이 자신에게 이렇게 사적인 질문을 하리라고는 상상하지 못했다. 그리고 이 예상외의 질문 덕분에 이후의 계획을 하나도 세우지 않고 있었음을 깨달았다. 가야는 더 이상 실험 대상도, 가이사의 감시인도 아니었다. 태어나서 처음으로 주어진 자유였고 다니엘의 질문을 듣기 전까지는 그 자유를 자각조차 하지 못했다.

"글쎄, 난 그냥 쉬고 싶네. 내 능력과는 무관하게 적당히 일하고 일한 만큼 받으면 좋겠군. 당분간은 블랭크의 생존자들이 자립할 수 있도록 돕기는 해야겠지만 말이야. 너는?"

"내가 믿는 길을 가겠지."

대화가 끝이 나고 다니엘은 뒤도 돌아보지 않은 채 남반구로 떠났다. 가야는 폐허가 된 도시에 홀로 남아 옛 스승을 추모했다.

별을 수확하는 자들 : 덴마 어나더 에피소드 2

© dcdc, 2019

초판 1쇄 인쇄일 2019년 7월 23일
초판 1쇄 발행일 2019년 8월 20일

지은이   dcdc
펴낸이   정은영
편집   안태운 김정은
마케팅   이재욱 백민열 이혜원 하재희
제작   홍동근

펴낸곳   (주)자음과모음
출판등록   2001년 11월 28일 제2001-000259호
주소   04047 서울시 마포구 양화로6길 49
전화   편집부 (02)324-2347, 경영지원부 (02)325-6047
팩스   편집부 (02)324-2348, 경영지원부 (02)2648-1311
E-mail   neofiction@jamobook.com

ISBN   978-89-544-3996-1 (04810)
          978-89-544-3994-7 (set)

잘못된 책은 교환해드립니다.
저자와의 협의하에 인지는 붙이지 않습니다.

이 도서의 국립중앙도서관 출판예정도서목록(CIP)은 서지정보유통지원시스템 홈페이지
(http://seoji.nl.go.kr)와 국가자료공동목록시스템(http://www.nl.go.kr/kolisnet)에서
이용하실 수 있습니다.(CIP제어번호: CIP2019027761)